中国历代绝命诗敬录

刘昌易◎著

线装书局

图书在版编目（CIP）数据

中国历代绝命诗敬录 / 刘昌易著. -- 北京：线装书局, 2023.8
ISBN 978-7-5120-5651-0

Ⅰ.①中… Ⅱ.①刘… Ⅲ.①古典诗歌－诗集－中国 Ⅳ.①I222

中国国家版本馆CIP数据核字(2023)第163228号

中国历代绝命诗敬录
ZHONGGUO LIDAI JUEMINGSHI JINGLU

作　　者：	刘昌易
责任编辑：	白　晨
出版发行：	线装書局
地　　址：	北京市丰台区方庄日月天地大厦B座17层（100078）
电　　话：	010-58077126（发行部）010-58076938（总编室）
网　　址：	www.zgxzsj.com
经　　销：	新华书店
印　　制：	三河市腾飞印务有限公司
开　　本：	787mm×1092mm　　　1/16
印　　张：	12.5
字　　数：	275千字
印　　次：	2024年7月第1版第1次印刷

线装书局官方微信

定　　价：68.00

有人说世界上这么多书只有血写的

动人然说血讨诗血催人泪下

二〇二二年十一月十九日 昌易

目 录

商 朝
1. 采薇歌 ……………………（1）

春秋战国
2. 大车-前680 ……………（2）
3. 杞梁妻歌-前550 ………（3）
4. 思归引-前489 …………（3）
5. 紫玉歌-前473 …………（3）
6. 贞女引-前377 …………（4）
7. 乌鹊歌二首-前286 ……（4）
8. 惜往日-前278 …………（5）
9. 易水歌-前227战国 ……（6）

秦 代
10. 垓下歌 …………………（8）
11. 和《垓下歌》…………（8）

汉 代
12. 石鼓歌-前202 …………（10）
13. 永巷歌-前194 …………（10）
14. 幽歌-前181 ……………（11）
15. 绝命辞-前1 ……………（11）
16. 悲歌-190 ………………（12）
17. 临终诗-208 ……………（12）
18. 塘上行-221 ……………（13）
19. 挽歌-245 ………………（13）
20. 幽愤诗-263 ……………（14）
21. 出征诗-297 ……………（15）

晋 代
22. 临终诗-300 ……………（16）
23. 挽歌诗三首-303 ………（16）
24. 重赠卢谌-318 …………（17）

前 秦
25. 临终诗 …………………（19）

南北朝
26. 华山畿-406-424 ………（20）
27. 临刑诗-426 ……………（20）
28. 续世基诗-426 …………（21）
29. 挽歌辞三首-427 ………（21）
30. 临终诗-433 ……………（22）
31. 临终诗-445 ……………（22）
32. 代挽歌-466 ……………（23）
33. 临终诗-474 ……………（23）
34. 临终诗-483 ……………（25）
35. 绝命诗（二首）-520 …（25）
36. 临终诗-531 ……………（25）
37. 被幽述志诗-551 ………（26）

38. 幽逼诗-554·················(26)

39. 临终诗-568·················(27)

隋　代

40. 悲永殡-605·················(28)

41. 自感诗三首-不详···········(28)

42. 临终诗-618·················(29)

唐　代

43. 答乔知之-不超过698·······(30)

44. 释疾歌-不超过712·········(30)

45. 守睢阳-757·················(31)

46. 送邢桂州-761···············(31)

47. 临路歌-762·················(32)

48. 客舍悲秋，有怀两省旧游，呈幕中诸公-770··············(32)

49. 风疾舟中伏枕书怀三十六韵奉呈湖南亲友-770··········(33)

50. 寄欧阳詹-805···············(33)

51. 偶然作-811··················(34)

52. 苦昼短-816··················(34)

53. 和白公诗-820···············(35)

54. 南溪始泛（三首）-824······(35)

55. 自咏老身示诸家属-846····(36)

56. 留诲曹师等诗-852·········(37)

57. 锦瑟-858····················(37)

宋　代

58. 游古陌吟-967···············(38)

59. 浪淘沙-978··················(38)

60. 临终诗-1012·················(39)

61. 自作寿堂因书一绝以志之-1028·····················(39)

62. 临终诗-1039·················(40)

63. 临终诗-1056·················(40)

64. 李士元学士守临邛日有谷一茎九穗者数本芝数本莲花莲叶并蒂者各一本因赋之-1060········(40)

65. 绝句-1072····················(41)

66. 绝命词-1075·················(41)

67. 临终诗-1077·················(42)

68. 茶瓶儿-1098·················(42)

69. 挽歌-1100····················(42)

70. 答径山琳长老-1101·········(43)
　　狱中寄子由·················(43)

71. 洞仙歌-1110··················(44)

72. 临终口占-1119···············(44)

73. 寄申纯二首-1125············(45)

74. 忆瑶姬-1125··················(45)

75. 西江月-1126··················(46)

76. 衣襟中诗-1127···············(46)

77. 怨歌二首-1127···············(47)

78. 哀辞-1128····················(47)

79. 孤燕诗-约1130···············(48)

80. 微雨中赏月桂独酌-1139···(48)

81. 临终偈语-1142···············(49)

82. 海陵病中-1145···············(49)

83. 行香子-1147··················(50)

84. 减字木兰花·斜红叠翠-1152

............................（50）

85.忆王孙·绝笔-1155 ....（51）

86.钗头凤-1156 ....（51）

87.洞仙歌-1159 ....（52）

88.临终诗-1173 ....（52）

89.黄花-1175 ....（53）

90.梦觉作-1193 ....（53）

91.碎花笺-1200 ....（53）

92.落花-1206 ....（54）

93.洞仙歌·丁卯八月病中作-1207
...............................（54）

94.道济绝笔诗-1209 ....（55）

95.示儿-1210 ....（55）

96.献帅府经历-1224 ....（56）

97.绝笔诗-1224 ....（56）

98.绝笔-不详 ....（56）

99.绝命词-1235 ....（57）

100.练裙带诗-1259 ....（57）

101.袖中遗诗-1274 ....（57）

102.绝命词-1274 ....（58）

103.绝命诗-1274 ....（58）

104.满庭芳-1275 ....（59）

105.辞庙诗-1275 ....（59）

106.海口-1276 ....（60）

107.壁上血诗-1276 ....（60）

108.绝命诗-1276 ....（61）

109.濒死自悼-1276 ....（61）

110.绝命诗-1276 ....（61）

111.绝命诗二首-1276 ....（62）

112.绝命诗-1276 ....（62）

113.元兵俘至合沙，诗寄仲子-1276
...............................（63）

114.出塞曲（二首选一）-1276 ....（63）

115.烬余录-1276 ....（64）

116.刺血诗-1276 ....（64）

117.绝命辞-1277 ....（64）

118.血帛诗-1277 ....（65）

119.题青枫岭石-1277 ....（65）

120.海边僧寺绝笔-1279 ....（66）

121.感赋（二首）-1279 ....（66）

122.衣带赞-1283 ....（66）

123.初到建宁赋诗一首-1289 ......（67）

124.梅花诗-不详 ....（68）

125.夜行船-不详 ....（68）

金 元

126.病中感寓赠徐威卿兼简曹益甫高圣
举-1257 ....（69）

127.辞世诗-1324 ....（69）

128.咏喜雨-1329 ....（70）

129.答金定-1367 ....（70）

130.题壁-1360 ....（71）

131.题墙上血诗-1360 ....（71）

132.书扇寄玉嵒在瑶芳所书是日食金
桃-1370 ....（72）

133.裂帛诗-1350 ....（72）

134.赋庭柏-1350 ....（72）

135. 踏莎行-1253……（73）

136. 绝命诗-元末……（73）

明　代

137. 被捕离开苏州时作-1374……（74）

138. 绝笔诗-1381……（74）

139. 临刑口占-1393……（75）

140. 临难词-1397……（75）

141. 绝命词-1402　5……（76）

142. 临刑口占-1402……（76）

143. 绝命词-1402……（76）

144. 绝命诗-1402……（77）

145. 自赞-1432……（77）

146. 绝命诗-1435……（78）

147. 辞世诗-1457……（78）

148. 临终诗-1464……（79）

149. 临终诗-1500……（79）

150. 绝笔诗-1524……（79）

151. 就义诗-1555……（80）

152. 病中永诀李张唐三公-1559…（80）

153. 吾族（此遗民绝笔诗也）-1575
　　　　……（81）

154. 系中八绝（选一）-1602……（81）

155. 忽忽吟-1616……（82）

156. 怨-1620……（82）

157. 绝命诗-（1621年-1627年）
　　　　……（83）

158. 狱中被害日作-1626……（83）

159. 绝命词四首（甲寅病中自志）-1628……（84）

160. 临刑口占-1630……（84）

161. 绝命诗-1644……（85）

162. 绝命诗词-1644……（85）

163. 绝命词-1644……（86）

164. 绝命诗-1644……（86）

165. 题桥柱诗-1645……（87）

166. 绝命词-1645……（87）

167. 绝命诗-1645……（87）

168. 绝命词-1645……（88）

169. 绝命诗-1645……（88）

170. 燕子矶口占-1645……（89）

171. 绝命诗-1645……（89）

172. 遗言诗-1645……（90）

173. 就义前题联-1645……（90）

174. 绝命诗-1645……（91）

175. 临终前血书-1646……（91）

176. 绝命词十首-1646……（91）

177. 绝命词-1646……（93）

178. 绝命诗三首-1646……（93）

179. 拟古-1646……（94）

180. 题狱壁-1647……（94）

181. 题壁诗-1647……（95）

182. 唐多令·寒食-1647……（95）

183. 丁亥重阳悼阵亡将士-1647…（96）

184. 别云间-1647……（96）

185. 绝命词-1648……（97）

186. 绝命诗-1648……（97）

187.大埠桥口占-1649 …………(98)
188.自题小像-1649 ……………(98)
189.十七日临难赋绝命词-1650 …(99)
190.就杀吟-1650 ………………(99)
191.绝命诗-1651 ………………(99)
192.绝命诗-1651 ……………(100)
193.绝命诗-1651 ……………(100)
194.绝命诗-1651 ……………(101)
195.绝命诗十首-1654 ………(101)
196.城墙题诗-1654 …………(102)
197.临刑诗-1655 ……………(103)
198.题壁十首（录四）-1659 …(103)
199.绝命诗-1661 ……………(104)
200.绝命诗二首-1662 ………(104)
201.临刑前口占-1664 ………(105)
202.绝命诗-1672 ……………(105)
203.癸丑元日-1673 …………(106)
204.自挽-1678 ………………(106)
205.酬李子德二十四韵-1682 …(107)
206.遗诗-不详 ………………(107)
207.悼亡诗-不详 ……………(108)
208.满庭芳-不详 ……………(108)
209.绝命诗-不详 ……………(109)
210.绝命歌-不详 ……………(109)
211.惜时致命篇-不详 ………(110)
212.题案诗-不详 ……………(110)
213.绝命诗-不详 ……………(111)
214.绝命诗-不详 ……………(111)

215.口授绝命诗-不详 ………(111)
216.慰母-明末 ………………(112)

清　代

217.绝命诗-1654 ……………(113)
218.留别-1661 ………………(113)
219.临终偈语-1667 …………(114)
220.薄命词-1674 ……………(114)
221.绝命词-1676 ……………(115)
222.绝命词-1680 ……………(115)
223.绝命诗（十首选二）-1673-1681
　　……………………………(116)
224.咏夜合花-1685 …………(116)
225.垂死寄夫-1693 …………(117)
226.绝命诗-1699 ……………(117)
227.殉情诗-1703 ……………(118)
228.临终诗二首留别诸同志（辛卯中秋
　　后二日）-1711 …………(118)
229.除夕-1715 ………………(119)
230.临终诗-1722 ……………(119)
231.临终绝句-1733 …………(119)
232.咏残荷-1790 ……………(120)
233.病中与郭频伽秀才邓尉探梅-1790
　　……………………………(120)
234.绝命诗-1796 ……………(120)
235.病剧作绝命词留别诸故人-1798
　　……………………………(121)
236.望捷诗-1799 ……………(121)
237.绝命诗-1799　2…………(122)

238. 赴戍登程口占示家人-1850 ……（122）

239. 临江仙（半首）-1852 ……（122）

240. 绝命诗-1853 ……（123）

241. 绝命词-1854 ……（123）

242. 绝命词-1861 ……（124）

243. 绝命词三首-1861 ……（124）

244. 绝命诗四首-1863 ……（125）

245. 绝命诗-1864 ……（125）

246. 无题-1864 ……（126）

247. 自慨-1865 ……（126）

248. 绝笔-1879 ……（127）

249. 绝笔-1886 ……（127）

250. 报国誓词-1894 ……（128）

251. 浪淘沙-1898 9……（128）

252. 狱中题壁-1898 9……（128）

253. 狱中吟-1898 9……（129）

254. 临终诗-1901 ……（129）

255. 甲辰五月二十日绝笔-1904 ……（130）

256. 落照-1905 1……（130）

257. 病中记梦述寄梁任父-1905 2……（131）

258. 绝命词-1905 ……（131）

259. 留别诗十二首-1907 2……（132）

260. 绝命诗-1907 7……（133）

261. 绝命词-1907 ……（134）

262. 绝命诗-1908 ……（134）

263. 洒血诗-1911 ……（134）

264. 临终诗-不详 ……（135）

265. 哭夫-不详 ……（135）

266. 衣带诗-不详 ……（135）

267. 绝命词-不详 ……（136）

268. 绝命词-不详 ……（136）

269. 狱中寄女诗-不详 ……（137）

270. 绝笔诗-不详 ……（137）

近　代

271. 被逮口占-1910 3……（138）

272. 拟决绝词-1911 ……（138）

273. 绝命诗-1912 1……（139）

274. 无题诗-1912 1……（139）

275. 绝命诗-1912 1……（140）

276. 谒明孝陵-1912 2……（140）

277. 客京都法源寺有感-1912 9 ……（140）

278. 武昌狱中书感-1913 ……（141）

279. 绝命诗（九首选二）-1914 3 ……（141）

280. 绝命诗-1914 12……（142）

281. 绝命诗-1915 6……（142）

282. 自挽诗-1915 7……（143）

283. 拟古决绝词-1920 ……（143）

284. 诀别-1925 ……（144）

285. 遗书-1927 6……（144）

286. 怀秋子-1927 9……（144）

287. 春风拂拂地吹来-1927 10

	……………………………（145）	314.狱中-1931 2…………（157）
288.就义诗-1927 12 ……（145）		315.绝笔诗-1931 4…………（158）
289.绝笔诗-1928 2 …………（146）		316.狱中诗-1931 4…………（158）
290.就义诗-1928 2 …………（146）		317.自挽联-1931 5…………（159）
291.《七歌》狱中题壁诗-1928 2		318.自挽联-1931 5…………（159）
	……………………………（147）	319.临刑前的遗曲-1931 夏…（159）
292.就义诗-1928 3 …………（148）		320.就义诗-1931 7…………（160）
293.自挽联-1928 4 …………（148）		321.火-1931 8………………（161）
294.被捕-1928 4……………（148）		322.死前一夕作示狱友-1931 8
295.无题-1928 4……………（149）		……………………………（161）
296.绝笔诗-1928 4 …………（149）		323.鹧鸪天·辛未长至口占-1931 12
297.读《灰色马》-1928 5…（150）		……………………………（162）
298.就义诗-1928 8 …………（150）		324.就义诗-1932………………（162）
299.绝笔诗二首-1928 9 ……（150）		325.就义诗-1932………………（162）
300.五绝-1928 10 …………（151）		326.绝笔词-1932 12…………（163）
301.就义诗-1928 11 ………（151）		327.绝命诗-1933 6…………（163）
302.自挽联-1928 11 ………（152）		328.墙上遗诗-1933……………（164）
303.题壁诗四首-1928 12 …（152）		329.绝命词-1934 3…………（164）
304.就义诗-1928 12 ………（153）		330.狱中诗-1934 7…………（164）
305.绝命词-1928 12 ………（153）		331.就义诗-1934 11…………（165）
306.绝命诗-1929 2 …………（154）		332.绝命诗三首-1934…………（165）
307.临刑诗-1929 7 …………（154）		333.狱中夜月-1935 3………（166）
308.就义诗-1929 10 ………（154）		334.偶成-1935 6……………（166）
309.就义词-1930 4 …………（155）		335.诗一首-1935 8…………（168）
310.就义诗-1930 5 …………（155）		336.合唱-1935 9……………（168）
311.绝命词-1930 7 …………（156）		337.狱中诗-1936 8…………（169）
312.绝命诗-1930 9 …………（157）		338.绝命诗-1936 9…………（169）
313.对江娥-1920-1930………（157）		339.狱中遗诗-1937 7………（170）

340. 就义词-1927 1937·········（170）
341. 自由诗-1940 8············（171）
342. 新正气歌-1940 11·········（171）
343. 血诗-1940 12············（172）
344. 狱中勉诸儿-1941 8·······（172）
345. 狱中歌声-1941 11········（173）
346. 绝笔诗-1942 5············（174）
347. 就义诗-1942 6············（174）
348. 病危前手书偈语-1942 10
　　···································（174）
349. 留取丹心照汗青-1945 11
　　···································（175）
350. 绝笔诗-1946 8············（175）
351. 绝命诗-1947 9············（176）
352. 狱中诗-1947 10··········（176）

353. 狱中诗-1948 11··········（177）
354. 铁窗明月有感-1949 6···（177）
355. 遗诗-1949 9·············（178）
356. 示儿-1949 10············（178）
357. 我的自白书-1949 10······（179）
358. 就义诗-1949 11··········（179）
359. 狱中诗-1949 11··········（180）
360. 狱中诗-1949 11··········（180）
361. 明志-1950 1·············（181）
362. 绝命诗-1950 6············（181）
363. 绝笔诗-1950 11··········（182）
364. 辞世诗-1959 10··········（182）
365. 辞世歌-1962············（182）

后　记···························（184）
文字标准·······················（185）

商　朝

1. 采薇歌

〔商〕伯夷、叔齐

登彼西山兮，采其薇矣

以暴易暴兮，不知其非矣

神农虞夏忽焉没兮，我安适归矣

于嗟徂兮，命之衰矣

伯夷、叔齐（生卒年不详），商末孤竹国君的两个儿子。伯夷名允，字公信；叔齐名致，字公述。孤竹君立叔齐为继承人，其死后，叔齐让位伯夷，伯夷不受逃走，叔齐也跟着逃走。听说周文王"善养老"，前去投奔。后来武王伐纣，他们认为武王无道，避之，义不食周粟，隐于首阳山，采薇为生。

二人饿极了，作了这首诗，不久因饿殉义辞世。

春秋战国

2. 大车-前680

〔春秋〕息夫人

一
大车槛槛，毳衣如菼
岂不尔思？畏子不敢

二
大车哼哼，毳衣如璊
岂不尔思？畏子不奔

三
谷则异室，死则同穴
谓予不信，有如皎日

息夫人（生卒年不详），姓妫，陈氏，春秋四大美女之一，陈国国君陈庄公之女，因嫁息国国君，亦称息妫。楚王灭息，掳息君为守门人，将她幽禁，欲纳为妾。

一天楚王外出，息夫人偷会息君，说："妾无须臾而忘君也，终不以身更二醮""生离于地上，何如死归于地下乎？"表示决不从楚王，劝息君一起自尽，并作下这首诗。后两人同日殉情辞世。

3. 杞梁妻歌－前550

〔春秋〕杞梁妻

乐莫乐兮新相知

悲莫悲兮生别离

哀感皇天兮城为堕

杞梁妻（？—前550年），姓姜，字孟，春秋齐国大夫杞梁之妻。齐庄公四年（前550年），杞梁随庄公袭莒，被俘遇害。

杞妻迎丧归来，悲痛欲绝，想到自己孤独一人，今后难以自立，于是援琴歌唱这首诗，曲终投水自溺，殉夫辞世。

4. 思归引－前489

〔春秋〕卫女

涓涓泉水

流及于淇兮

有怀于卫

靡日不思

执节不移兮行不随

砆轲何辜兮离厥畜

嗟乎何辜兮离厥畜

卫女（生卒年不详），春秋卫国国君之女。时传卫侯有女，十分贤惠。邵王闻说，便派人聘娶，可她人未到邵王就死了。邵王的太子想把她留在自己身边，她坚拒，被幽禁。

卫女弹唱了这首诗，即自缢，殉节辞世。

5. 紫玉歌－前473

〔春秋〕紫玉

南山有鸟，北山张罗

鸟既高飞，罗将奈何

意欲从君，馋言孔多

悲结成疾，没命黄垆
命之不造，冤如之何
羽族之长，名为凤凰
一日失雄，三年感伤
虽有众鸟，不为匹双
故见鄙姿，逢君辉光
身远心近，何当暂忘

紫玉（生卒年不详），春秋吴王夫差小女，才貌俱佳，与韩重情投意合，私定终身。韩重游学齐鲁，临行托父母向吴王求婚。吴王不允，玉忧伤辞世。

传说韩重返家，到墓前凭吊。玉魂从墓出，感叹命运，作了这首诗。虽传说荒诞，这首诗实际上是玉临终前写的。

6. 贞女引 - 前377

〔战国〕漆室女

菁菁茂木隐独荣兮
变化垂枝含秀英兮
修身养行建令名兮
厥道不移善恶并兮
屈躬就浊世澈清兮
怀忠见疑何贪生兮

漆室女（生卒年不详），战国鲁国漆室人。鲁穆公时，国君衰老，太子年幼，国势甚危，她深感忧虑，倚柱悲歌。有人见她不乐，问是否想嫁人。她说，我忧国，哪是想嫁人。

因不被理解，漆室女隐入山林，见贞女树，触动悲怀，遂一边弹琴一边唱这首诗，歌毕自尽，殉国辞世。

7. 乌鹊歌二首 - 前286

〔战国〕何氏

其一

南山有乌

北山张罗
乌自高飞
罗当奈何
其二
乌鹊双飞
不乐凤凰
妾是庶人
不乐宋王

何氏（生卒年不详），战国宋康王舍人韩凭之妻。因貌美动人，康王欲强占，将她关在青梭台内，并罚其夫韩凭筑长城。

何氏作这首诗寄夫，表明心志，即跳台自尽，后韩凭也自尽，二人殉情辞世。

8. 惜往日-前278

〔战国〕屈原

惜往日之曾信兮，受命诏以昭时
奉先功以照下兮，明法度之嫌疑
国富强而法立兮，属贞臣而日娱
秘密事之载心兮，虽过失犹弗治
心纯庞而不泄兮，遭谗人而嫉之
君含怒而待臣兮，不清澄其然否
蔽晦君之聪明兮，虚惑误又以欺
弗参验以考实兮，远迁臣而弗思
信谗谀之溷浊兮，盛气志而过之
何贞臣之无罪兮，被离谤而见尤
惭光景之诚信兮，身幽隐而备之
临沅湘之玄渊兮，遂自忍而沈流
卒没身而绝名兮，惜壅君之不昭
君无度而弗察兮，使芳草为薮幽
焉舒情而抽信兮，恬死亡而不聊
独障壅而蔽隐兮，使贞臣为无由
闻百里之为虏兮，伊尹烹于庖厨
吕望屠于朝歌兮，宁戚歌而饭牛

不逢汤武与桓缪兮，世孰云而知之
吴信谗而弗味兮，子胥死而后忧
介子忠而立枯兮，文君寤而追求
封介山而为之禁兮，报大德之优游
思久故之亲身兮，因缟素而哭之
或忠信而死节兮，或訑谩而不疑
弗省察而按实兮，听谗人之虚辞
芳与泽其杂糅兮，孰申旦而别之
何芳草之早殀兮，微霜降而下戒
谅聪不明而蔽壅兮，使谗谀而日得
自前世之嫉贤兮，谓蕙若其不可佩
妒佳冶之芬芳兮，嫫母姣而自好
虽有西施之美容兮，谗妒入以自代
愿陈情以白行兮，得罪过之不意
情冤见之日明兮，如列宿之错置
乘骐骥而驰骋兮，无辔衔而自载
乘氾泭以下流兮，无舟楫而自备
背法度而心治兮，辟与此其无异
宁溘死而流亡兮，恐祸殃之有再
不毕辞而赴渊兮，惜壅君之不识

　　屈原（约前340年—前278年），姓芈，屈氏，名平，字原，又自云名正则，字灵均，战国伟大诗人、思想家。

　　前278年，秦军攻破楚国郢都后，原于五月初五投汨罗江自尽，殉国辞世。这首诗据说作于临终前。

9. 易水歌-前227战国

〔战国〕荆轲

风萧萧兮易水寒
壮士一去兮不复还
探虎穴兮入蛟宫
仰天呼气兮成白虹

荆轲（？—前227年），姓姜，庆氏，字次非，也称庆卿、荆卿、庆轲，战国末期卫国人，杰出刺客。

轲喜书好剑，为人慷慨侠义，后游历到燕国，被燕国太子丹派刺杀秦王。他预感此行有去无回，告别时吟唱了这首诗。后来刺秦王未果，被秦侍卫杀，殉义辞世。

秦 代

10. 垓下歌

〔秦〕项羽

力拔山兮气盖世

时不利兮骓不逝

骓不逝兮可奈何

虞兮虞兮奈若何

项羽（前232—前202年），名籍，字羽，秦末军事家，自称西楚霸王，定都于彭城（今江苏徐州），与汉王刘邦争夺天下，史称"楚汉之争"。

汉高祖五年（前202年），刘邦与韩信、英布等会师垓下（今安徽灵璧），重围羽。当晚四面楚歌，羽以为大势已去，郁闷饮酒，作了这首诗。后率兵突围，到乌江（今安徽和县乌江镇）时，拔剑自刎，殉义辞世。

11. 和《垓下歌》

〔秦〕虞姬

汉兵已略地

四方楚歌声

大王意气尽

贱妾何聊生

虞姬（？—前202年），名虞，西楚霸王项羽的美人，容颜倾城，才艺并重，人称"虞美人",四面楚歌时陪伴在项羽身边。

  这首诗是虞姬听了项羽的《垓下歌》的和作。她唱完后,当即自尽,殉情辞世。有典故"霸王别姬"。见前。

汉 代

12. 石鼓歌-前202

〔汉〕张丽英

石鼓石鼓，悲哉下土
自我来观，民生实苦
哀哉世事，悠悠我意
我意不可辱兮，王威不可夺余志
有鸾有凤，自歌自舞
凌云历汉，远绝尘罗
世人之子，其如我何
暂来期会，运往即乖
父兮母兮，无伤我怀

张丽英（生卒年不详），汉初樵夫张芒之女，相传面有奇光，以白纯扇为镜。长沙王吴芮听说，领兵前去聘娶。

丽英时年十五，逃往石鼓山，仰卧披发，倒于石鼓之下，殉节辞世。石上留下这首诗。

13. 永巷歌-前194

〔汉〕戚夫人

子为王

母为虏
终日舂薄暮
常与死为伍
相离三千里
当谁使告女

戚夫人（？—前194年），亦称戚姬，汉高祖刘邦宠姬，生刘如意（封赵隐王）。高祖想立如意为太子，但因吕后势力强大，未果。

高祖辞世后，吕后把戚夫人囚禁在永巷中。极度痛苦下，戚夫人唱了这首歌。吕后知后大怒，说："乃欲倚女子邪？"随即将刘如意毒死，并砍去戚夫人手脚，挖去眼睛，烧熏耳朵，灌哑药，投进厕所，称"人彘"。

14. 幽歌－前181

〔汉〕刘友

诸吕用事兮刘氏危
迫胁王侯兮强授我妃
我妃既妒兮诬我以恶
谗女乱国兮上曾不寤
我无忠臣兮何故弃国
自决中野兮苍天举直
于嗟不可悔兮宁早自财
为王而饿死兮谁者怜之
吕氏绝理兮托天报仇

刘友（？—前181年），汉高祖刘邦第六子，汉惠帝刘盈、汉文帝刘恒异母弟，封赵王，谥"幽王"。吕后篡权后，大封诸吕为王，但怕刘吕不和，遂使刘吕联姻。友被迫与吕女结婚，无恩爱。

吕女诬告友，说他说："吕氏安得王，太后百岁后，吾必去之。"吕后大怒，将其召至官邸幽囚，断绝粮食。友饿死辞世，这首诗作于临终前。

15. 绝命辞－前1

〔汉〕息夫躬

　　　　玄云泱郁将安归兮，鹰隼横厉鸾徘徊兮
　　　　矰若浮猋动则机兮，丛棘栈栈曷可栖兮
　　　　发忠忘身自绕罔兮，冤颈折翼庸得往兮
　　　　涕泣流兮萑兰，心结愲兮伤肝
　　　　虹蜺曜兮日微，孽杳冥兮未开
　　　　痛入天兮鸣乎，冤际绝兮谁语
　　　　仰天光兮自列，招上帝兮我察
　　　　秋风为我唫，浮云为我阴
　　　　嗟若是兮欲何留，抚神龙兮揽其须
　　　　游旷迥兮反亡期，雄失据兮世我思

　　息夫躬（？—前1年），字子微，今河南孟州人，汉哀帝时大臣，举孝廉出身，封宜陵侯。
　　因与丞相王嘉政见不合，夫躬被免职。建平二年（前5年），被诬陷下狱，含冤辞世。这首诗作于临终前。

16. 悲歌-190

　　　　　　〔汉〕刘辩
　　　　　天道易兮我何艰
　　　　　弃万乘兮退守蕃
　　　　　逆臣见迫兮命不延
　　　　　逝将去汝兮适幽玄

　　刘辩（175年—190年），即汉少帝，灵帝之子，登帝位不久即废，中平元年（189年），被董卓废为弘农王。
　　初平元年（190年），董卓派李儒进毒酒，说可治病。少帝知是毒酒，只好与唐姬宫人宴别，一边饮酒，一边悲歌。这首诗作于临终前。

17. 临终诗-208

　　　　　　〔汉〕孔融
　　　　　言多令事败，器漏苦不密
　　　　　河溃蚁孔端，山坏由猿穴

涓涓江汉流，天窗通冥室
谗邪害公正，浮云翳白日
靡辞无忠诚，华繁竟不实
人有两三心，安能合为一
三人成市虎，浸渍解胶漆
生存多所虑，长寝万事毕

孔融（153年—208年），别名孔北海、孔少府，字文举，东汉末大臣、文学家，今山东曲阜人，孔子二十世孙，"建安七子"之一，有典故"孔融让梨"。

融喜忤时政。建安十三年（208年9月26日），因触怒丞相曹操，于洛阳遇害辞世。这首诗作于临刑前。

三国

18. 塘上行-221

〔三国〕甄皇后

蒲生我池中，其叶何离离。傍能行仁义，莫若妾自知
众口铄黄金，使君生别离。念君去我时，独愁常苦悲
想见君颜色，感结伤心脾。念君常苦悲，夜夜不能寐
莫以贤豪故，弃捐素所爱。莫以鱼肉贱，弃捐葱与薤
莫以麻枲贱，弃捐菅与蒯。出亦复苦怨，入亦复苦愁
边地多悲风，树木何修修。从君致独乐，延年寿千秋

甄皇后（183年—221年），相传为甄宓，人称"甄夫人"，今河北无极人，上蔡令甄逸之女，魏文帝曹丕之妻，魏明帝曹叡之生母。

黄初元年（220年），曹丕称帝，山阳公刘协进献二女，郭皇后、李贵人、阴贵人等都受宠幸。甄皇后失意，流露怨言，致丕大怒。黄初二年六月（221年8月4日），她被赐死辞世。这首诗作于临终前。

19. 挽歌-245

〔三国〕缪袭

生时游国都，死没弃中野
朝发高堂上，暮宿黄泉下

白日入虞渊，悬车息驷马
造化虽神明，安能复存我
形容稍歇灭，齿发行当堕
自古皆有然，谁能离此者

缪袭（186年—245年），字熙伯，三国曹魏大臣、文学家，今山东苍山人，事魏四主，历职尚书、光禄勋等。

嘉平六年（245年），袭感自己一生像白日下山，写下这首诗，不久辞世。钟嵘《诗品》称："熙伯挽歌，唯以造哀尔。"

20. 幽愤诗-263

〔三国〕嵇康

嗟余薄祜，少遭不造。哀茕靡识，越在襁褓
母兄鞠育，有慈无威。恃爱肆姐，不训不师
爰及冠带，凭宠自放。抗心希古，任其所尚
托好老庄，贱物贵身。志在守朴，养素全真
曰余不敏，好善闇人。子玉之败，屡增惟尘
大人含弘，藏垢怀耻。民之多僻，政不由己
惟此褊心，显明臧否。感悟思愆，怛若创痏
欲寡其过，谤议沸腾。性不伤物，频致怨憎
昔惭柳惠，今愧孙登。内负宿心，外恧良朋
仰慕严郑，乐道闲居。与世无营，神气晏如
咨余不淑，婴累多虞。匪降自天，实由顽疏
理弊患结，卒致囹圄。对答鄙讯，絷此幽阻
实耻讼免，时不我与。虽曰义直，神辱志沮
澡身沧浪，岂云能补。嗈嗈鸣雁，奋翼北游
顺时而动，得意忘忧。嗟我愤叹，曾莫能俦
事与愿违，遘兹淹留。穷达有命，亦又何求
古人有言，善莫近名。奉时恭默，咎悔不生
万石周慎，安亲保荣。世务纷纭，祇搅余情
安乐必诫，乃终利贞。煌煌灵芝，一年三秀
余独何为，有志不就。惩难思复，心焉内疚
庶勖将来，无馨无臭。采薇山阿，散发岩岫

永啸长吟，颐性养寿

嵇康（224年—263年），字叔夜，三国曹魏文学家、音乐家，今安徽宿县人，娶曹操曾孙女长乐亭公主，官至中散大夫，人称"嵇中散"。

司马氏篡权后，康与阮籍等七人隐居山阳，人称"竹林七贤"。炎兴元年（263年），因司隶校尉钟会诬陷，他被大将军司马昭杀害，含冤辞世。这首诗作于狱中。

21. 出征诗-297

〔三国〕周处

去去世事已
策马观西戎
藜藿甘梁黍
期之克令终

周处（240年—297年），字子隐，西晋将军，今江苏宜兴人，少时横行乡里，后改过自新，曾任孙吴东观萃，仕晋任新平太守、御史中丞等，谥"孝"。

元康七年（297年），讨伐氐羌族起义军齐万年时，司马肜为征西大将军，公报私仇，命处带五千兵马与七万敌军交战。处行前写了这首诗。

交战从早晨到日暮，处部队杀敌万余，弓箭用尽，而无救援。手下劝他撤退，他按剑说："这是我报效臣节献出生命的时刻，为何要撤退？以身殉国，不也是可以的吗？"遂于战场上殉国辞世。

晋 代

22. 临终诗 -300

〔西晋〕欧阳建

伯阳适西戎,子欲居九蛮。苟怀四方志,所在可游盘
况乃遭屯塞,颠沛遇灾患。古人达机兆,策马游近关
咨余冲且暗,抱责守微官。潜图密已构,成此祸福端
恢恢六合间,四海一何宽。天网布纮纲,投足不获安
松柏隆冬悴,然后知岁寒。不涉太行险,谁知斯路难
真伪因事显,人情难豫观。穷达有定分,慷慨复何叹
上负慈母恩,痛酷摧心肝。下顾所怜女,恻恻心中酸
二子弃若遗,念皆遘凶残。不惜一身死,惟此如循环
　　执纸五情塞,挥笔涕泛澜

欧阳建(？—300年),字坚石,西晋文学家,今河北南皮人。

永康元年(300年),八王之乱,建因劝淮南王诛杀赵王司马伦,事泄遇害辞世。这首诗作于临刑前。

23. 挽歌诗三首 -303

〔西晋〕陆机

其一

卜择考休贞,嘉命咸在兹。凤驾警徒御,结辔顿重基

龙幨被广柳，前驱矫轻旗。殡宫何嘈嘈，哀响沸中闱
中闱且勿欢，听我薤露诗。死生各异伦，祖载当有时
舍爵两楹位，启殡进灵轜。饮饯觞莫举，出宿归无期
帷衽旷遗影，栋宇与子辞。周亲咸奔凑，友朋自远来
翼翼飞轻轩，骎骎策素骐。按辔遵长薄，送子长夜台
呼子子不闻，泣子子不知。叹息重櫬侧，念我畴昔时
三秋犹足收，万世安可思。殉没身易亡，救子非所能
　　含言言哽咽，挥涕涕流离

　　　　　　其二
流离亲友思，惆怅神不泰。素骖伫輀轩，玄驷骛飞盖
哀鸣兴殡宫，回迟悲野外。魂舆寂无响，但见冠与带
备物象平生，长旌谁为旆。悲风徽行轨，倾云结流霭
　　　　振策指灵丘，驾言从此逝

　　　　　　其三
重阜何崔嵬，玄庐窜其间。磅礴立四极，穹崇效苍天
侧听阴沟涌，卧观天井悬。圹宵何寥廓，大暮安可晨
人往有返岁，我行无归年。昔居四民宅，今托万鬼邻
昔为七尺躯，今成灰与尘。金玉昔所佩，鸿毛今不振
丰肌飨蝼蚁，妍骸永夷泯。寿堂延魑魅，虚无自相宾
蝼蚁尔何怨，魑魅我何亲。拊心痛荼毒，永叹莫为陈

陆机（261年—303年），字士衡，西晋将军、杰出文学家、书法家，今江苏苏州人，曾任孙吴牙门将，后仕西晋，历职太傅祭酒、吴国郎中令、著作郎等。

太安二年（303年），机任后将军、河北大都督，率军讨伐长沙王司马乂，败于七里涧，加之受陷害，被成都王司马颖斩于军中，因罪辞世，被灭三族。这三首诗作于临刑前。

24. 重赠卢谌-318

〔西晋〕刘琨

握中有悬璧，本自荆山璆。惟彼太公望，昔在渭滨叟
邓生何感激，千里来相求。白登幸曲逆，鸿门赖留侯
重耳任五贤，小白相射钩。苟能隆二伯，安问党与雠
中夜抚枕叹，想与数子游。吾衰久矣夫，何其不梦周

谁云圣达节，知命故不忧。宣尼悲获麟，西狩涕孔丘
功业未及建，夕阳忽西流。时哉不我与，去乎若云浮
朱实陨劲风，繁英落素秋。狭路倾华盖，骇驷摧双辀
何意百炼刚，化为绕指柔

刘琨（270年—318年），字越石，今河北无极人，西晋大臣、文学家、音乐家，中山靖王刘胜之后、光禄大夫刘蕃之子，工于诗赋，"金谷二十四友"之一，历职并州刺史，封广武侯。

建武二年（318年），石勒攻破并州，琨投奔幽州刺史段匹磾，遇害辞世。这首诗作于被段勒死前。卢谌是琨好助手，同投段。琨被囚后，自知必死，作诗《赠卢谌》，激励他"竭心公朝"。卢答诗感激，但没回答如何尽心晋朝，于是琨再写这首诗。

前　秦

25. 临终诗

〔前秦〕苻朗

四大起何因，聚散无穷已
既适一生中，又入一死理
冥心乘和畅，未觉有终始
如何箕山夫，奄焉起东市
旷此百年期，远同嵇叔子
命也归自天，委化任冥纪

苻朗（生卒年不详），字元达，前秦宗室将领、文学家，今甘肃秦安人，氐族，被苻坚称为"千里驹"，历职镇东将军、青州刺史、乐安男等。

建元二十年（384年），前秦瓦解，朗降东晋。他到扬州后，谢安厚待，却与东晋豪门斗富争奇，侮辱骠骑长史王忱兄弟。几年后，遇害辞世。临刑前，他口占这首诗。

南北朝

26. 华山畿 -406-424

〔南朝宋〕宋女

华山畿
君既为侬死
独活为谁施
欢若见怜时
棺木为侬开

宋女（生卒年不详），南朝宋人。据《古今乐录》记载，南朝宋少帝时，一青年从南徐到云阳，在华山畿客舍，爱上了一位十八九岁女子，因无法接近，回家后思念成疾，临终前请求母亲送葬时，灵车一定要经过华山畿。

这名女子因哀悼为她死的男子而唱了这首歌，随后也殉情辞世。歌的开头一句便是"华山畿"，后人用作歌调名。

27. 临刑诗 -426

〔南朝宋〕谢世基

伟哉横海鲸
壮矣垂天翼
一旦失风水
翻为蝼蚁食

谢世基（？—426年），南朝宋官员，今河南太康人，谢晦之侄。

元嘉三年（426年），宋文帝忌谢晦擅权而杀其子。世基随谢晦起兵叛宋，兵败遇害辞世。这首诗作于临刑前。

28. 续世基诗-426

〔南朝宋〕谢晦

功遂侔昔人

保退无智力

既涉太行险

斯路信难陟

谢晦（390年—426年），字宣明，南朝宋宰相、开国功臣，今河南太康人，东晋东阳太守谢朗之孙，骠骑长史谢重之子。东晋攻打后秦的十策军谋，他一人独献九策。

景平二年（424年），晦参与废杀宋少帝，迎立宜都王刘义隆，为宋文帝。元嘉三年（426年），晦听闻傅亮伏诛，遂起兵反叛，为檀道济破，押解建康遇害辞世。其侄世基连坐，临刑前赋诗四句，晦续了这四句。见前。

29. 挽歌辞三首-427

〔南朝宋〕陶渊明

其一

有生必有死，早终非命促。昨暮同为人，今旦在鬼录
魂气散何之，枯形寄空木。娇儿索父啼，良友抚我哭
得失不复知，是非安能觉。千秋万岁后，谁知荣与辱
但恨在世时，饮酒不得足。

其二

在昔无酒饮，今但湛空觞。春醪生浮蚁，何时更能尝
肴案盈我前，亲旧哭我旁。欲语口无音，欲视眼无光
昔在高堂寝，今宿荒草乡。一朝出门去，归来夜未央

其三

荒草何茫茫，白杨亦萧萧。严霜九月中，送我出远郊

  四面无人居，高坟正蕉峣。马为仰天鸣，风为自萧条
  幽室一已闭，千年不复朝。千年不复朝，贤达无奈何
  向来相送人，各自还其家。亲戚或余悲，他人亦已歌
  死去何所道，托体同山阿

  陶渊明（约365年—427年），字元亮，又名潜，字渊明，号五柳先生，东晋伟大诗人、辞赋家、文学家，今江西九江人。

  元嘉四年（427年），渊明因病辞世。这三首诗作于临终前两月。

30. 临终诗-433

〔南朝宋〕谢灵运

  龚胜无馀生，李业有穷尽
  嵇公理既迫，霍生命亦殒
  凄凄陵霜柏，纳纳冲风菌
  邂逅竟几时，修短非所愍
  恨我君子志，不获岩下泯
  送心正觉前，斯痛久已忍
  唯愿乘来生，怨亲同心朕

  谢灵运（385年—433年），名公义，字灵运，小名客儿，南北朝杰出诗人、佛学家、旅行家，生于今浙江上虞，祖籍今河南太康，东晋名将谢玄之孙，封康乐公，称"谢康乐"，诗与颜延之齐名，称"颜谢"，是第一位山水诗人，著《晋书》。

  元嘉十年（433年），灵运充军广州，在广州遇害辞世。这首诗作于临终前。

31. 临终诗-445

〔南朝宋〕范晔

  祸福本无兆，性命归有极
  必至定前期，谁能延一息
  在生已可知，来缘惑无识
  好丑共一丘，何足异枉直
  岂论东陵上，宁辨首山侧

虽无嵇生琴，庶同夏侯色
寄言生存子，此路行复即

范晔（398年—445年），字蔚宗，南朝宋大臣、杰出史学家、文学家，今河南淅川人，历职太子詹事，著《后汉书》。

元嘉二十二年（445年），晔因拥戴彭城王刘义康即位，事败遇害辞世。这首诗作于临终前。

32. 代挽歌-466

〔南朝宋〕鲍照

独处重冥下，忆昔登高台
傲岸平生中，不为物所裁
埏门只复闭，白蚁相将来
生时芳兰体，小虫今为灾
玄鬓无复根，枯髅依青苔
忆昔好饮酒，素盘进青梅
彭韩及廉蔺，畴昔已成灰
壮士皆死尽，余人安在哉

鲍照（约412年—466年），字明远，刘宋时杰出诗人，祖籍今山东郯城，约生于今江苏镇江，历职侍郎、中书舍人、前军参军等，人称"鲍参军"。

泰始二年（466年），临海王刘子顼因起兵反宋明帝刘彧失败被杀时，照于乱军中遇害辞世。这首诗作于临终前。

33. 临终诗-474

〔南朝宋〕吴迈远

伤歌入松路
斗酒望青山
谁非一丘土
参差前后间

吴迈远（？年—474年），南朝宋诗人，历职江州从事、奉朝请等。

宋末，桂阳王刘休范背叛朝廷，迈远为其起草檄文。元徽二年（474年），他因桂阳之乱被诛，遇害辞世。这首诗作于狱中。

34. 临终诗-483

〔南朝齐〕顾欢

五涂无恒宅，三清有常舍
精气因天行，游魂随物化
鹏鲲适大海，蜩鸠之桑柘
达生任去留，善死均日夜
委命安所乘，何方不可驾
翘心企前觉，融然从此谢

顾欢（420年—483年），字景怡、元平等，南朝齐大臣、杰出上清派道士，今浙江海盐人，从豫章雷次宗习玄学。

欢晚年隐居，修炼道术，不与人往，元嘉末（483年），他感生命将终，写下这首诗，不久于剡山辞世。

35. 绝命诗（二首）-520

〔北魏〕元熙

其一
义实动君子，主辱死忠臣
何以明是节，将解七尺身

其二
平生方寸心，殷勤属知己
从今一销化，悲伤无极已

元熙（？—520年），字真兴，北魏宗室大臣，今河南洛阳人，景穆皇帝拓跋晃曾孙，中山献武王元英之子。

熙曾跟随清河王元怿四十年，后元怿被诬陷遇害辞世。神龟三年（520年），熙起兵复仇，兵败遇害，殉忠辞世。这两首诗是临刑前吟唱的。

36. 临终诗-531

〔北魏〕元子攸

权去生道促，忧来死路长

怀恨出国门，含悲入鬼乡
隧门一时闭，幽庭岂复光
思鸟吟青松，哀风吹白杨
昔来闻死苦，何言身自当

元子攸（507年—531年），字彦达，北魏皇帝，今河南洛阳人，鲜卑族。

永安三年（530年），子攸诱杀权臣尔朱荣和太宰元天穆，被尔朱兆掳北上，于晋阳三级佛寺被缢辞世。这首诗作于临终前。

37. 被幽述志诗-551

〔南朝梁〕萧纲

恍惚烟霞散，飕飗松柏阴
幽山白杨古，野路黄尘深
终无千月命，安用九丹金
阙里长芜没，苍天空照心

萧纲（503年—551年），字世缵、六通，南北朝梁朝皇帝、文学家，生于今江苏南京，梁武帝萧衍第三子、昭明太子萧统同母弟，其诗作开创"宫体诗"流派。

太清三年（549年），侯景之乱，梁武帝被囚饿死，纲被拥为帝。大宝二年（551年），纲被废为晋安王，是年十月遇害。这首诗作于狱中。

38. 幽逼诗-554

〔南朝梁〕萧绎

人生逢百六
天道异贞恒
何言异蝼蚁
一旦损鲲鹏

萧绎（508年—554年），字世诚、七符，号金楼子，生于今江苏常州，梁武帝萧衍第七子，封湘东王，天正三年（552年）消灭侯景，在江陵即帝位，称梁元帝。

承圣三年（554年），西魏伐梁，绎困守江陵，城破被俘，十二月遇害辞世。这首诗作于狱中。

39. 临终诗-568

〔南朝梁〕释智恺

千月本难满，三时理易倾
石火无恒焰，电光非久明
遗文空满笥，徒然昧后生
泉路方幽噎，寒陇向凄清
一朝随露尽，唯有夜松声

释智恺（？—568年），南朝梁、陈间名僧，据《续高僧传》记载，俗姓曹，住扬都寺，追随名僧真谛，为门徒中最得力者。

南朝陈废帝光大二年（568年），僧宗、法准、惠忍及成名学士七十余人请智恺于智能寺主讲《俱舍论》，讲至《业品疏》未尽，于八月二十日示疾，感生命将终，索纸题下这首诗，搁笔与诸名德握手语别，端坐俨思，奄然辞世。

隋 代

40. 悲永殡-605

〔隋〕释灵裕

命断辞人路

骸送鬼门前

从今一别后

更会几何年

释灵裕（517年—605年），隋代名僧，今河北保定人，俗姓赵，十八岁削发，从赵郡应觉寺禅师学习，声名远播，人称"裕菩萨"。

大业元年（605年），灵裕辞世。这首诗作于辞世前七天。

41. 自感诗三首-不详

〔隋〕侯夫人

其一

庭绝玉辇迹，芳草渐成窠

隐隐闻箫鼓，君恩何处多

其二

欲泣不成泪，悲来翻强歌

庭花方烂漫，无计奈春何

其三

春阴正无际，独步意如何

不及闲花草，翻承雨露多

侯夫人（生卒年不详），隋炀帝（569年～618年）宫女，貌美有才，存诗十三首。隋炀帝曾广造高楼，纳天下美女数千于迷楼，她就是这些终生没见过隋炀帝的宫女之一。

侯夫人约十六岁进宫，二十四岁自缢辞世。她是历史上少见的死后才得到帝王宠爱的宫女，且美名、才名满天下。这三首诗是在她死时臂悬锦囊中发现的。

42. 临终诗-618

〔隋〕释智命

幻生还幻灭

大幻莫过身

安心自有处

求人无有人

释智命（生卒年不详），俗名邓颐，今河南京阳人，仕隋为羽骑尉，后辞官，及越王杨侗即位，任御史大夫。

王世充篡隋自立，智命建议王为国修道，因意见不受，削发为僧，以图避祸，然终被王杀，遇害辞世。这首诗作于临终前。

唐　代

43. 答乔知之-不超过698

〔唐〕窈娘

公家闺阁不曾闲，好将歌舞借人看
富贵英雄非分理，骄奢势力横相干
别公此去终不忍，徒劳掩袂伤红粉
百年离别在高楼，一代红颜为君尽

窈娘（生卒年不详），武则天时在世，初唐大臣乔知之（？—690年）的侍妾，能歌善舞。

权臣魏王武承嗣（649年—698年），武则天之侄，要窈娘到自己府内教姬妾歌舞，乔知之只好答应。然武想占有她，所以她一入武家即不得出。乔要人未果，愤怒地写诗偷送窈娘，即《绿珠篇》："石家金谷重新声，明珠百颗买娉婷。昔日可怜公自许，此时歌舞得人憎。"此诗将窈娘喻为晋代石崇爱妾绿珠。窈娘读后非常伤心，决定学绿珠以死表贞，及对武氏反抗。她写下这首答诗，连同乔诗缝在衣服中，投井自尽，殉节辞世。

44. 释疾歌-不超过712

〔唐〕卢照邻

岁将暮兮欢不再，时已晚兮忧来多
东郊绝此麒麟笔，西山秘此凤凰柯

死去死去今如此，生兮生兮奈汝何
岁去忧来兮东流水，地久天长兮人共死
明镜羞窥兮向十年，骏马停驱兮几千里
麟兮凤兮，自古吞恨无已
茨山有薇兮颍水有漪，
夷为柏兮秋有实，叔为柳兮春向飞
倏尔而笑，泛沧浪兮不归

卢照邻（生卒年不详），字升之，自号幽忧子，初唐诗人，今河北涿州人，望族出身，历职王府典签、益州新都尉等，与王勃、杨炯、骆宾王并称"初唐四杰"。

照邻因身染风疾，痛苦不堪，自溺辞世。这首诗附于他辞世的《释疾文》。

45. 守睢阳-757

〔唐〕张巡

接战春来苦，孤城日渐危
合围侔月晕，分守若鱼丽
屡厌黄尘起，时将白羽挥
裹疮犹出阵，饮血更登陴
忠信应难敌，坚贞谅不移
无人报天子，心计欲何施

张巡（708年—757年），唐中期大臣，今山西永济人，追赠扬州大都督、邓国公。

至德二年（757年），安史之乱，巡死守睢阳，终因粮草耗尽、士卒死伤无余，被俘遇害。这首诗作于守城危急之时。

46. 送邢桂州-761

〔唐〕王维

铙吹喧京口，风波下洞庭
赭圻将赤岸，击汰复扬舲
日落江湖白，潮来天地青

明珠归合浦，应逐使臣星

王维（701年—761年），字摩诘，号摩诘居士，唐中期杰出诗人、画家，今山西永济人，祖籍山西祁县，精通诗书画音乐，多咏山水田园，与孟浩然并称"王孟"，人称"诗佛"。

上元二年（761年），维任尚书右丞，五月进谢恩状，七月因病辞世。这首诗作于临终前。

47. 临路歌-762

〔唐〕李白

大鹏飞兮振八裔
中天摧兮力不济
馀风激兮万世
游扶桑兮挂左袂
后人得之传此
仲尼亡兮谁为出涕

李白（701年—762年），字太白，号青莲居士，唐中期伟大诗人，人称"诗仙"。

上元三年（762年12月），白病重辞世。这首诗作于临终前病榻上。

48. 客舍悲秋，有怀两省旧游，呈幕中诸公-770

〔唐〕岑参

三度为郎便白头，一从出守五经秋
莫言圣主长不用，其那苍生应未休
人间岁月如流水，客舍秋风今又起
不知心事向谁论，江上蝉鸣空满耳

岑参（约715年—770年），唐中期杰出诗人，今河南南阳人，曾任嘉州刺史，人称"岑嘉州"，与高适并称"高岑"。

约大历四年（769年）秋冬际，参卒于成都旅舍。这首诗作于临终前。

49. 风疾舟中伏枕书怀三十六韵奉呈湖南亲友-770

〔唐〕杜甫

轩辕休制律，虞舜罢弹琴。尚错雄鸣管，犹伤半死心
圣贤名古邈，羁旅病年侵。舟泊常依震，湖平早见参
如闻马融笛，若倚仲宣襟。故国悲寒望，群云惨岁阴
水乡霾白屋，枫岸叠青岑。郁郁冬炎瘴，濛濛雨滞淫
鼓迎非祭鬼，弹落似鸮禽。兴尽才无闷，愁来遽不禁
生涯相汨没，时物自萧森。疑惑尊中弩，淹留冠上簪
牵裾惊魏帝，投阁为刘歆。狂走终奚适，微才谢所钦
吾安藜不糁，汝贵玉为琛。乌几重重缚，鹑衣寸寸针
哀伤同庾信，述作异陈琳。十暑岷山葛，三霜楚户砧
叨陪锦帐座，久放白头吟。反朴时难遇，忘机陆易沈
应过数粒食，得近四知金。春草封归恨，源花费独寻
转蓬忧悄悄，行药病涔涔。瘗天追潘岳，持危觅邓林
蹉跎翻学步，感激在知音。却假苏张舌，高夸周宋镡
纳流迷浩汗，峻址得嵚崟。城府开清旭，松筠起碧浔
披颜争倩倩，逸足竞駸駸。朗鉴存愚直，皇天实照临
公孙仍恃险，侯景未生擒。书信中原阔，干戈北斗深
畏人千里井，问俗九州箴。战血流依旧，军声动至今
葛洪尸定解，许靖力还任。家事丹砂诀，无成涕作霖

杜甫（712年—770年），字子美，号少陵野老，唐中期伟大诗人，生于河南巩县，祖籍湖北襄阳，历职河西尉、左拾遗、工部员外郎等，晚年漂泊，人称"诗圣"。

大历五年（770年）冬，甫因病辞世。这首绝作于临终前。

50. 寄欧阳詹-805

〔唐〕太原歌伎

自从别后减容光
半是思郎半恨郎
欲识旧来云髻样
为奴开取缕金箱

太原歌伎（生卒年不详），生活于贞元年间（785年—805年）。

据《全唐诗话》记载，官员、诗人欧阳詹游太原，与这位太原歌伎相好，临别时，相约他到长安后接她去。后她相思成疾，作下这首诗，殉情辞世。

51. 偶然作-811

〔唐〕吕温

凄凄复汲汲

忽觉年四十

今朝泪满衣

不是伤春泣

吕温（771年—811年），字和叔、化光，唐晚期官员、诗人，今山西永济人，贞元十四年（798年）进士，历职集贤殿校书郎、左拾遗、刑部郎中、道州刺史等，后迁衡州，人称"吕衡州"。

元和六年（811年），温在衡州仅年余便因病辞世。这首诗作于临终前。

52. 苦昼短-816

〔唐〕李贺

飞光飞光，劝尔一杯酒

吾不识青天高，黄地厚

唯见月寒日暖，来煎人寿

食熊则肥，食蛙则瘦

神君何在，太一安有

天东有若木，下置衔烛龙，吾将斩龙足，嚼龙肉

使之朝不得回，夜不得伏

自然老者不死，少者不哭

何为服黄金，吞白玉。谁似任公子，云中骑碧驴

刘彻茂陵多滞骨，嬴政梓棺费鲍鱼

李贺（790年—816年），字长吉，唐中期杰出诗人，今河南宜阳人，祖籍陇西郡，人称"诗鬼"，与李白、李商隐并称"唐代三李"。

元和十一年（816年），贺回到家乡福昌昌谷，年二十七，却头发花白、疾病

缠身，感生命将终，写下这首诗，不久因病辞世。

53. 和白公诗-820

〔唐〕关盼盼

自守空房敛恨眉

形同春后牡丹枝

舍人不会人深意

讶道泉台不去随

关盼盼（生卒年不详），唐中期名伎，工部尚书张愔（？-806年）之妾。张愔死后，盼盼独居徐州燕子楼，十余年不嫁。

盼盼之死，与白居易有关。白做客张府时与她有一宴之交，盛赞："醉娇胜不得，风袅牡丹花。"张死后，她写了《燕子楼》诗三首，怀念旧爱。白看到这三首诗后，和了三首，还写了一首绝句相赠："黄金不惜买娥眉，拣得如花四五枝。歌舞教成心力尽，一朝身去不相随。"意思是说，张花了很多金钱买盼盼，还教她歌舞，但她不肯跟着死。这首诗把盼盼置于死地，她读后哭着说：不是我不肯死，是怕后人说张尚书重色，有从死之妾，那样会玷污他的德行，所以我才苟且偷生。于是写了这首诗答白，然后绝食，殉节辞世。

54. 南溪始泛（三首）-824

〔唐〕韩愈

其一

榜舟南山下，上上不得返。幽事随去多，孰能量近远
阴沈过连树，藏昂抵横坂。石粗肆磨砺，波恶厌牵挽
或倚偏岸渔，竟就平洲饭。点点暮雨飘，梢梢新月偃
余年懔无几，休日怆已晚。自是病使然，非由取高蹇

其二

南溪亦清驶，而无楫与舟。山农惊见之，随我劝不休
不惟儿童辈，或有杖白头。馈我笼中瓜，劝我此淹留
我云以病归，此已颇自由。幸有用余俸，置居在西畴
困仓米谷满，未有旦夕忧。上去无得得，下来亦悠悠
但恐烦里间，时有缓急投。愿为同社人，鸡豚燕春秋

其三
足弱不能步，自宜收朝迹。羸形可舆致，佳观安事掷
即此南坂下，久闻有水石。拖舟入其间，溪流正清激
随波吾未能，峻濑乍可刺。鹭起若导吾，前飞数十尺
亭亭柳带沙，团团松冠壁。归时还尽夜，谁谓非事役

韩愈（768年—824年），字退之，自称郡望昌黎，唐中期官员、杰出文学家，今河南孟州人，官至吏部侍郎，人称"韩吏部""韩昌黎""昌黎先生"，尊为"唐宋八大家"之首。

长庆四年（824年），愈因病告假回长安住所休养，病中与张籍泛舟小溪游玩，作诗三首，是年十二月，因病辞世。宋代魏泰《临汉隐居诗话》云："韩愈《南溪始泛》诗，将死病中作也。"

55. 自咏老身示诸家属-846

〔唐〕白居易

寿及七十五，俸沾五十千
夫妻皆老日，甥姪聚居年
粥美尝新米，袍温换故绵
家居虽濩落，眷属幸团圆
置榻素屏下，移炉青帐前
书听孙子读，汤看侍儿煎
走笔还诗债，抽衣当药钱
支分闲事了，把背向阳眠

白居易（772年—846年），字乐天，号香山居士、醉吟先生等，唐中期伟大诗人，生于河南新郑，祖籍山西太原，历职翰林学士、左赞善大夫等，人称"诗魔""诗王"。

会昌六年（846年）夏，居易于洛阳因病辞世，葬于香山。这首诗作于是年二三月，人们认为这是他的绝笔。

56. 留诲曹师等诗-852

〔唐〕杜牧

万物有好丑，各以姿状论
唯人则不尔，不学与学论
学非探其花，要自拔其根
孝友与诚实，而不妄尔言
根本既深实，柯叶自滋繁
念尔无忽此，期以庆吾门

杜牧（803年—852年），字牧之，杜佑之孙，唐晚期杰出文学家，今陕西西安人，历职监察御史、湖州刺史等，晚年居樊川别业，人称"杜樊川"。

大中六年（852年）冬，牧因病辞世。这首诗是他留给儿女的遗言，他有五个儿女，最大的曹师才十六岁。

57. 锦瑟-858

〔唐〕李商隐

锦瑟无端五十弦，一弦一柱思华年
庄生晓梦迷蝴蝶，望帝春心托杜鹃
沧海月明珠有泪，蓝田日暖玉生烟
此情可待成追忆，只是当时已惘然

李商隐（约813年—858年），字义山，号玉谿生，唐晚期杰出诗人，今河南沁阳人，与杜牧并称"小李杜"。

大中十二年（858年）二月，商隐罢盐铁推官，由扬川返第二故乡郑州，夏天，因病辞世。这首诗作于临终前。

宋 代

58. 游古陌吟-967

〔宋〕王处厚

谁言今古事难穷，大抵荣枯总是空
算得生前随梦蝶，争如云外指冥鸿
暗添雪色眉根白，旋落花光脸上红
惆怅荒原懒回首，暮林萧索起悲风

王处厚（生卒年不详），字元美，今四川双流人，乾德五年（967年）进士。

处厚登进士后，一天郊外游览，回想人生，不由心中悲痛，作下这首诗，及暮还家，因心病辞世。

59. 浪淘沙-978

〔南唐〕李煜

帘外雨潺潺，春意阑珊
罗衾不耐五更寒
梦里不知身是客，一晌贪欢
独自莫凭栏，无限江山，别时容易见时难
流水落花春去也，天上人间

李煜（937年—978年），原名从嘉，字重光，号钟山隐士、钟锋隐者、白莲居士、莲峰居士,南唐末代君主、杰出诗人,南唐元宗李璟第六子,生于江苏南京,祖籍徐州彭城。

太平兴国三年(978年),七月七,牛郎织女相会日,煜因思念家乡和亲友,写下这首诗,并命歌姬弹唱。歌曲被墙外士兵听到后禀宋太宗赵光义,太宗大怒,即赐其"牵机药"。煜遂饮毒,忧恨辞世。

60. 临终诗-1012

〔宋〕谢泌

平生功业数张纸

千古英雄一窖尘

何似从来周孔教

解将仁义浸生民

谢泌(950年—1012年),字宗源,北宋大臣,今安徽歙县人,谢安二十七世孙,其人才、理民及军事思想在当时有较大影响。

开泰元年(1012年),泌因病辞世。这首诗作于临终前。

61. 自作寿堂因书一绝以志之-1028

〔宋〕林逋

湖上青山对结庐

坟头秋色亦萧疏

茂陵他日求遗稿

犹喜曾无封禅书

林逋(967年—1028年),字君复,北宋隐逸诗人,一说浙江杭州,一说宁波人,结庐孤山,终生不仕不娶,"以梅为妻,以鹤为子",人称"梅妻鹤子",宋仁宗赐谥"和靖"。

逋年老时,自作墓于庐侧。天圣六年(1028年),他因病辞世。这首诗作于临终前不久。

62. 临终诗-1039

〔宋〕王随

画堂灯欲灭
弹指向谁说
去住本寻常
春风扫残雪

王随（约975年—1039年），字子正，北宋宰相，今河南孟县人，追赠中书令，谥"章惠"，后改"文惠"。

宝元二年（1039年），随于宰相任所因病辞世。这首诗作于临终前。

63. 临终诗-1056

〔宋〕袁陟

青霭千峰暝，悲风万古呼
其谁挂宝剑，应有奠生刍
皎月东方殒，长松半壑枯
山泉吾所爱，声到夜台无

袁陟（生卒年不详），字世弼，号遁翁，北宋诗人，今河南临汝人，一说南昌人，庆历六年（1046年）进士，历职当涂知县、太常博士等。

陟瘦瘠羸弱，因病辞世，临终前自写墓志铭。这首诗作于临终前不久。

64. 李士元学士守临邛日有谷一茎九穗者数本芝数本莲花莲叶并蒂者各一本因赋之-1060

〔宋〕梅尧臣

临邛传瑞物，太守在郡时
既多九穗谷，复有三秀芝
芝以保万寿，谷以丰东菑
更看芙蓉叶，并蒂照清池

梅尧臣（1002年—1060年），字圣俞，北宋大臣、杰出诗人，今安徽宣城人，同进士出身，历职镇安军节度判官、太常博士、国子监直讲、尚书都官员外郎等，人称"梅直讲""梅都官""宛陵先生"等。

嘉祐五年（1060年）春，汴京爆发疫病。四月十七日，尧臣染病，二十五日（1060年5月27日）因病辞世。这首诗作于是年夏初。

65. 绝句-1072

〔宋〕欧阳修

冷雨涨焦陂

人去陂寂寞

惟有霜前花

鲜鲜对高阁

欧阳修（1007年—1072年），字永叔，号醉翁、六一居士，北宋大臣、杰出文学家，今江西吉安人，生于四川绵阳，历职仁宗、英宗、神宗三朝，翰林学士、枢密副使、参知政事等，追赠太师、楚国公，谥"文忠"，人称"欧阳文忠公"。

熙宁二年（1072年9月22日），修于家中因病辞世。这首诗题下原注"临薨作"。

66. 绝命词-1075

〔辽〕萧观音

嗟薄祜兮多年，羌作俪兮皇家。

承昊穹兮下覆，近日月兮分华

托后钧兮凝位，忽前星兮启耀

虽丼累兮黄床，庶无罪兮宗庙

欲贯鱼兮上进，乘阳德兮天飞

岂祸生兮无朕，蒙秽恶兮宫闱

将剖心兮自陈，冀回照兮白日

宁庶女兮多惭，遏飞霜兮下击

顾女子兮哀顿，对左右兮摧伤

共西曜兮将坠，忽吾去兮椒房

呼天地兮惨悴，恨今古兮安极

知吾生兮必死，又焉爱兮旦夕

萧观音（1040年—1075年），辽道宗耶律洪基的第一任皇后，辽代女诗人，善弹琵琶，被辽道宗誉为女中才子，天祚帝追赠宣懿皇后。

大康元年（1075年），契丹宰相耶律乙辛、汉宰相张孝杰、宫婢单登、教坊朱顶鹤等向道宗进《十香词》，诬陷萧后和伶官赵惟一私通。萧后遂被道宗赐死，尸还萧家。这首诗作于临终前。

67. 临终诗-1077

〔宋〕邵雍

生于太平世，死于太平世
客问年几何，六十又七岁
俯仰天地间，浩然独无愧

邵雍（1011年—1077年），字尧夫，北宋理学家、易学大师、诗人，今河南林州人，一说河北涿州，与周敦颐、张载、程颢、程颐并称"北宋五子"，谥"康节"。

熙宁十年（1077年7月5日），雍因病辞世。这首诗作于临终前。

68. 茶瓶儿-1098

〔宋〕李元膺

去年相逢深院宇，海棠下曾歌金缕
歌罢花如雨，翠衫上，点点红无数
今岁重寻携手处，空物是人非春暮
回首青门路，乱红飞絮，相逐东风去

李元膺（生卒年不详），北宋官员，今山东泰安人。

绍圣年间（1094年—1098年），与蔡京宴会时，蔡失足落水，元膺笑说："蔡元长都湿了肚里文章。"蔡遂记恨排挤他。

这首诗是元膺悼念亡妻之作，不久其忧伤辞世。

69. 挽歌-1100

〔宋〕秦观

婴衅徙穷荒，茹哀与世辞。官来录我橐，吏来验我尸

藤束木皮棺，藁葬路旁陂。家乡在万里，妻子天一涯
孤魂不敢归，惴惴犹在兹。昔恭柱下史，通籍黄金闺
奇祸一朝作，飘零至于斯。弱孤未堪事，返骨定何时
修途缭山河，岂免从阇维。荼毒复荼毒，彼苍那得知
岁晚瘴江急，鸟兽鸣声悲。空濛寒雨零，惨淡阴风吹
殡宫生苍藓，纸钱挂空枝。无人设薄奠，谁与饭黄缁
亦无挽歌者，空有挽歌辞

秦观（1049年—1100年），字少游、太虚，号淮海居士、邗沟居士等，北宋官员、词人，江苏高邮人，"苏门四学士"之一。

绍圣元年（1094年），因元祐党籍，观被贬杭州、处州、雷州等，元符三年（1100年9月17日）于藤州（今广西藤县）因病辞世。这首诗作于临终前。

70. 答径山琳长老-1101

〔宋〕苏轼

与君皆丙子，各已三万日
一日一千偈，电往那容诘
大患缘有身，无身则无疾
平生笑罗什，神咒真浪出

苏轼（1037年—1101年），字子瞻、和仲，号铁冠道人、东坡居士，北宋官员，杰出文学家、诗人、书法家、画家，今四川眉山人，祖籍河北栾城，"唐宋八大家"之一。

建中靖国元年（1101年8月24日），轼在常州病逝。这首诗作于辞世前两天。

因乌台诗案（元丰二年，即1079年），苏轼曾误以为自己次日会遇害，也写了两首诗。

狱中寄子由

予以事系御史台狱，狱吏稍见侵，自度不能堪，死狱中，不得一别子由，故和二诗授狱卒梁成，以遗子由。

其一
圣主如天万物春，小臣愚暗自亡身
百年未满先偿债，十口无归更累人

是处青山可埋骨，他年夜雨独伤神
与君世世为兄弟，更结人间未了因

其二

柏台霜气夜凄凄，风动琅珰月向低
梦绕云山心似鹿，魂飞汤火命如鸡
眼中犀角真吾子，身后牛衣愧老妻
百岁神游定何处，桐乡知葬浙江西

71. 洞仙歌-1110

〔宋〕晁补之

青烟幕处，碧海飞金镜

永夜闲阶卧桂影

露凉时，零乱多少寒螀

神京远，唯有蓝桥路近

水晶帘不下，云母屏开，冷浸佳人淡脂粉

待都将许多明月，付与金尊

投晓共，流霞倾尽

更携取胡床，上南楼

看玉做人间，素秋千顷

晁补之（1053年—1110年），字无咎，号归来子，北宋官员、文学家，今山东巨野人，历职吏部员外郎、礼部郎中等，"苏门四学士"之一。

大观四年（1110年），补之授泗州知州，九月二十五日，于泗州官舍因病辞世，张耒为其撰写铭文。这首词作于是年中秋夜。

72. 临终口占-1119

〔宋〕郑侠

似此平生只藉天

还如过鸟在云边

如今身畔浑无物

赢得虚堂一枕眠

郑侠（1041年—1119年），字介夫，北宋官员，福州福清人，治平四年（1067年）进士，一生为民请命。

绍圣元年（1094年）四月，侠被诬为"元祐党人"，遭贬。大观元年（1107年），蔡京入朝为相，立元祐党人碑，侠名列第十五，被罢官回乡，家居十二年。

宣和元年（1119年），侠辞世。这首诗作于临终前。

73. 寄申纯二首-1125

〔宋〕王莹卿

其一

如此钟情古所稀，吁嗟好事到头非
汪汪两眼西风泪，犹向阳台作雨飞

其二

月有阴晴与圆缺，人有悲欢与会别
拥炉细语鬼神知，拼把红颜为君绝

王莹卿（生卒年不详），字娇娘，号百一姐，今四川眉山人，蜀人王通判之女。

据《娇红传》记载，娇娘生活于宣和年间（1119年—1125年），与表哥申纯私订终身。但父母迫于成都帅府威势，将她许予帅子。娇娘忧怨辞世，临终前写了这两首诗寄申。

74. 忆瑶姬-1125

〔宋〕申纯

蜀下相逢，千金丽质，怜才便肯分付
自念潘安容貌，无此奇遇
梨花掷处，还惊起，因共我拥炉低语
今生拼两两同心，不怕旁人间阻
此事凭谁处，对神明为盟，死也相许
徒思行云信断，听箫归去，月明谁伴孤鸾舞
细思之，泪流如雨
便因丧命，甘从地下，和伊一处

申纯（生卒年不详），字厚卿，祖籍河南开封，多次不第，寄住王通判家，与其女娇娘诗词往还，殉情辞世。见前。

75. 西江月-1126

〔宋〕蔡京

八十一年往事，四千里外无家
如今流落向天涯，望尽神州泪下
金殿五曾拜相，玉堂十度宣麻
追思往日漫繁华，到而今，翻成梦话

蔡京（1047年—1126年），字元长，北宋宰相、书法家，今福建莆田人，四次任宰相，达十七年。

宋钦宗即位后，因作恶多端，群臣上书罢免京。靖康元年（1126年），京年八十，被贬岭南。途中，百姓不卖他一汤一饭，旅店不给他一床一铺。是年夏，京饥寒交迫，于长沙辞世，死后连棺木都无，被葬专收无家可归者的漏泽园。这首词作于临终前。

76. 衣襟中诗-1127

〔宋〕李若水

胡马南来久不归，山河残破一身微
功名误我等云过，岁月惊人和雪飞
每事恐贻千古笑，此心甘与众人违
艰难唯有君亲重，血泪斑斑染客衣

李若水（1093年—1127年），原名若冰，字清卿，北宋官员，今河北曲周人，历职太学博士、吏部侍郎等，南宋追赠观文殿学士，谥"忠愍"。

靖康二年（1127年），若水随宋钦宗至金营，金人背约，逼钦宗易服。若水怒斥完颜宗翰，被害，殉国辞世。这首诗作于入金时，藏在衣襟中。

77. 怨歌二首-1127

〔宋〕朱琏

其一

幼宝贵兮厌绮罗裳，长入宫兮奉尊王

今委顿兮流落他乡，嗟造物兮速死为强

其二

昔居天上兮珠宫贝阙，今日草莽兮事何可说

屈身辱志兮恨何可雪？誓速归泉下兮此愁可绝

朱琏（1102年—1127年），宋钦宗的皇后，今河南开封人，父亲朱伯材官至武康军节度使。

靖康二年（1127年），金军攻破汴京，掳徽钦二帝、郑太后、朱皇后及宗室、大臣三千余人北归。朱皇后时年二十六，貌美，常受金兵调戏。到达金朝京师会宁府时，金人举行献俘仪式，命二帝及后妃、宗室等穿金人百姓服装，头缠帕头、身披羊裘、袒露上体，到阿骨打庙行"牵羊礼"，又令太后、皇后入金宫"赐浴"。

朱皇后不甘受辱，当天投水自溺，殉节辞世。金世宗称赞她"怀清履洁，得一以贞。众醉独醒，不屈其节"，追赠"靖康郡贞节夫人"。

78. 哀辞-1128

〔宋〕滕茂实

齑盐老书生，谬列王都官。索米了无补，从事敢辞难

殊怜复盟好，仗节来榆关。城守久不下，川途望漫漫

俭辈果不惜，一往何当还。牧羊困苏武，假道拘张骞

流离念窘束，坐阅四序迁。同来悉言归，我独留塞垣

形影自相吊，国破家亦残。呼天竟不闻，痛甚伤肺肝

相逢老兄弟，悼叹安得欢。金人自南归，得志鞍马间

波澜卷大厦，一木难求安。世事宁有此，聊发我所存

爵禄非所慕，金珠敢怀贪。就不违我心，渠不汙我颜

昔燕破齐土，群臣望风奔。王蠋独守节，燕人有甘言

经首自绝脰，感慨今昔闻。未尝食齐禄，徒以世为民

况我禄数世，一死何足论。远或没江海，近或死朝昏

敛我不须衣，裹尸以黄幡。题作宋臣墓，篆字当深刊

> 我室年尚幼，儿女皆童顽。四海无置锥，飘流倍悲酸
> 谁当给衣食，使不厄饥寒。岁时一酹我，犹足慰我魂
> 我魂亦悠悠，异乡寄沉冤。他时风雨夜，草木号空山

滕茂实（？—1128年），字秀颖，初名裸，北宋官员，今江苏苏州人，一说杭州临安人，政和八年（1117年）进士，追赠龙图阁直学士。

靖康元年（1126年），茂实以工部员外郎使金，先囚于云中郡，后拘代州，不屈。

建炎二年（1128年），钦宗被掳过城郊，茂实穿戴宋冠帻迎接，金人迫其易服，不从。茂实请求随从旧主一起走，金人不许，茂实忧郁愤恨成疾，在云中殉忠辞世。

这首诗是茂实听说钦宗将至时写的，并自写哀词并篆书"宋工部侍郎滕茂实墓"以示誓死不屈。

79. 孤燕诗-约1130

〔宋〕王氏

昔年无偶去

今春犹独归

故人恩义重

不忍更双飞

王氏（生卒年不详），南宋烈女、诗人，苏州人，少时聪慧，所作《宫词七百首》当时在江浙一带广为传播。

宋高宗（1107年—1187年）在国难当头时，仍耽于享乐，听说王氏才艺，欲纳为妃，派使者前往苏州征召。王氏说："二帝未还，敌邦未殄，便志耽宴乐，英主必不出此。"言罢，写这首诗付与使者复命，旋即闭门自尽，殉节辞世。

80. 微雨中赏月桂独酌-1139

〔宋〕陈与义

人间跌宕简斋老

天下风流月桂花

一壶不觉丛边尽

　　　　暮雨霏霏欲湿鸦

　　陈与义（1090年—1139年），字去非，号简斋，两宋之际诗人、官员，河南洛阳人。

　　绍兴八年（1139年），与义因病辞世。这首诗作于临终前。

81. 临终偈语-1142

〔宋〕释道月

　　五年四十九，是非日日有
　　不为自家身，只为多开口
　　合立从南来，我往西方走
　　不是佛力大，几乎落人手

　　释道月（？—1142年），生活于南宋绍兴年间（1131年—1162年），江苏镇江金山寺名僧。

　　绍兴十年（1140年），岳飞在河南大破金兀术，乘胜进军朱仙镇，正想过黄河北伐时，高宗发十二道金牌，急令班师回朝。岳飞经过金山寺时，道月劝他不要回京，但他不听。道月遂写诗相赠："风波亭下水滔滔，千万竖心把舵牢。只恐同行人意歹，将身推落在深涛。"暗示回京有生命危险。次年岳飞遇害风波亭。

　　绍兴十二年（1142年），秦桧知道月诗后，派何立来抓他。何到金山寺，正在殿堂讲佛法的道月知其来意，吟这首诗后便坐化辞世。

82. 海陵病中-1145

〔宋〕吕本中

　　病知前路资粮少
　　老觉平生事业非
　　无数青山隔沧海
　　与谁同往却同归

　　吕本中（1084年—1145年），字居仁，南宋诗人、道学家，今安徽凤台人，仁宗宰相吕夷简之玄孙、哲宗宰相吕公著之曾孙、东莱郡侯吕好问之子，历职起居舍人、中书舍人、直学士院等，人称"东莱先生"。

因得罪秦桧，本中被罢官。从此"万事不如意""积忧全少睡，经劫抱长饥"。绍兴十五年（1145年），本中因病辞世。这首诗作于临终前。

83. 行香子-1147

〔宋〕赵鼎

草色纤绵，雨点阑斑

糁飞花，还是春残

天涯万里，海上三年

试倚危楼，将远恨，卷帘看

举头见日，不见长安

谩凝眸，老泪凄然

山禽飞去，榕叶生寒

独自箇，尚凭栏

赵鼎（1085年—1147年），字元镇，号得全居士，南宋宰相、文学家，今山西闻喜人，宋孝宗追赠太傅、丰国公，谥"忠简"，配享高宗庙庭，为昭勋阁二十四功臣之一。

绍兴十七年（1147年），鼎受秦桧陷害，绝食，殉义辞世。这首诗作于临终前不久。

84. 减字木兰花·斜红叠翠-1152

〔宋〕向子諲

斜红叠翠，何许花神来献瑞

粲粲裳衣，割得天孙锦一机

真香妙质，不耐世间风与日

着意遮围，莫放春光造次归

向子諲（1085年—1152年），字伯恭，号芗林居士，南宋官员、诗人，今江西樟树人，真宗朝宰相向敏中之玄孙，历职京畿转运副使、江淮发运使、知潭州、官户部侍郎、知平江府等，因反对秦桧议和，罢官居临江。

绍兴二十二年（1152年），子諲辞世。这首诗后记："绍兴壬申春，芗林瑞香盛开，赋此词。是年三月十有六日辛亥，公下世。此词，公之绝笔也"。

85. 忆王孙·绝笔-1155

〔宋〕周紫芝

梅子生时春渐老

红满地，落花谁扫

旧年池馆不归来，又绿尽，今年草

思量千里乡关道

山共水，几时得到

杜鹃只解怨残春，也不管，人烦恼

周紫芝（1082年—1155年），字少隐，号竹坡居士，南宋文学家，今安徽宣城人，历职枢密院编修官、右司员外郎、知兴国军（今湖北阳新）等，后退隐庐山。

绍兴末年（1155年），紫芝辞世。这首诗题附"绝笔"。

86. 钗头凤-1156

〔宋〕唐婉

世情薄，人情恶，雨送黄昏花易落

晓风干，泪痕残。欲笺心事，独语斜阑

难！难！难！

人成各，今非昨，病魂长似秋千索

角声寒，夜阑珊。怕人询问，咽泪装欢

瞒！瞒！瞒！

唐婉（1128年—1156年），字蕙仙，今浙江绍兴人，郑州通判唐闳之女，陆游表妹、前妻。

绍兴十四年（1146年），陆游与婉成婚，感情甚好，但陆母不喜，要他们散。两年后，陆另娶，她遂改嫁同郡赵士程。

绍兴二十四年（1154年）春，陆游到绍兴游沈园，遇婉夫妇。婉征得丈夫同意后，送酒肴给陆。陆满怀感慨，在园墙上题了一首《钗头凤》词，如下。婉读后十分悲伤，用原韵和了这首，不久忧怨辞世。

红酥手，黄藤酒，满城春色宫墙柳

东风恶，欢情薄。一杯愁绪，几年离索

错！错！错！

春如旧，人空瘦。泪痕红浥鲛绡透

桃花落，闲池阁。山盟虽在，锦书难托

莫！莫！莫！

87. 洞仙歌-1159

〔宋〕朱敦儒

今年生日，庆一百省岁，喜趁烧灯作欢会

问先生，有甚阴德神丹

霜雪里，鹤在青松相似

总无奇异处，只是天然冷淡，寻常旧家计

戏彩袖，弄明珠，满眼儿孙，一壶酒向花间长醉

且落魄装个老人星，共野叟行歌，大平时世

朱敦儒（1081年—1159年），字希真，号岩壑，又称伊水老人、洛川先生，北宋官员、诗人，河南洛阳人，历职兵部郎中、临安府通判、秘书郎、都官员外郎、两浙东路提点刑狱等，人称"词俊"，与"诗俊"陈与义等并称"洛中八俊"。绍兴二十九年（1159年），敦儒因病辞世。这首诗约作于临终前半月。

88. 临终诗-1173

〔宋〕陆凝之

岳南之馆白云端

凤笛龙箫彻广寒

一鹤晓飞冲碧落

群仙笑倚玉阑干

陆凝之（生卒年不详），一名维之，字永仲、子才，号石室，北宋诗人，今浙江杭州人，科举不第，隐于大涤洞天之石室，以诗酒自乐，人称"石室先生"。宋高宗召见，他称疾不赴。

凝之约卒于乾道年间（1165年—1173年）。这首诗作于临终前。

89. 黄花-1175

〔宋〕朱淑真

土花能白又能红
晚节犹能爱此工
宁可抱香枝上老
不随黄叶舞秋风

朱淑贞（生卒年不详），南宋初烈女、诗人，号幽栖居士，钱塘人，一说浙中海宁人，据说是朱熹（1130年—1200年）之侄女，会琴棋书画诗词。

淑贞父母将她许配一小吏，夫不懂她志趣，没几即寻花问柳。淑贞因此绝望，寄情诗词，写下不少爱情诗。世人说她太豪放，丈夫、父母家人纷纷指责。于是她写下这首诗解释，忧怨辞世。

90. 梦觉作-1193

〔宋〕范成大

年增血气减，药密饮食稀
气象不堪说，头颅从可知
忽作少年梦，娇痴逐儿戏
觉来一惘然，形骸乃尔衰
梦中观河见，只是三岁时
方悟梦良是，却疑觉为非

范成大（1126年—1193年），字至能、幼元，号此山居士、石湖居士等，南宋大臣、文学家，今江苏苏州人，绍兴二十四年（1154年）进士，历职礼部员外郎、参知政事、资政殿大学士等，曾出使金国，不辱使命，追赠少师、崇国公，谥"文穆"。

绍熙四年（1193年10月1日），成大因病辞世。这首诗作于临终前。

91. 碎花笺-1200

〔宋〕戴复古妻

惜多才，怜薄命，无计可留汝

揉碎花笺，忍写断肠句
道旁杨柳依依，千丝万缕，抵不一分情绪
捉月盟言，不是梦中语
后回君若重来，不相忘处，把杯酒，浇奴坟上土

戴复古妻（生卒年不详），南宋江西武宁人。

戴复古（1167年—1248年），南宋江湖诗派诗人，在江西武宁时，一富翁爱其才华，嫁与女。三年后，复古要回乡，说有妻室。富翁大怒，其女反为复古解释，并将梳妆用品尽数赠予，同时写下这首词，即投江自尽，殉情辞世。

92. 落花-1206

〔宋〕杨万里

红紫成泥泥作尘
颠风不管惜花人
落花辞树虽无语
别倩黄鹂告诉春

杨万里（1127年—1206年），字廷秀，号诚斋，自号诚斋野客，南宋官员、文学家，今江西吉水人，与陆游、尤袤、范成大并称南宋"中兴四大诗人"。

开禧二年（1206年）夏，万里于家中因病辞世。这首诗作于是年晚春。

93. 洞仙歌·丁卯八月病中作-1207

〔宋〕辛弃疾

贤愚相去，算其间能几，差以毫厘谬千里
细思量，义利舜跖之分
孳孳者，等是鸡鸣而起
味甘终易坏，岁晚还知，君子之交淡如水
一饷聚飞蚊，其响如雷，深自觉昨非今是
羡安乐窝中泰和汤，更剧饮无过，半醺而已

辛弃疾（1140－1207年），字坦夫、幼安，号稼轩，南宋官员、杰出词人，今山东济南人，二十一岁参加抗金义军，不久归南宋，历职湖北、江西、湖南、福

建、浙东安抚使等，一生力主抗金，后被弹劾罢官，退隐江西。

开禧三年（1207年9月），朝廷拟授弃疾兵部侍郎，遭拒。是年10月3日，他因病辞世。这首诗作于是年八月，临终前不久。

94. 道济绝笔诗-1209

〔宋〕释道济

六十年来狼藉

东壁打倒西壁

如今收拾归来

依旧水连天碧

释道济（1148年—1209年），字湖隐，号方圆叟，俗名李心起，南宋名僧，今浙江临海人，早年削发杭州灵隐寺，后行迹天下，秉性疏狂，不忌酒肉，不守戒律，常济世救民，为民众喜爱，人称"济公活佛"。

嘉定二年（1209年）五月十六日，道济辞世。这首诗作于临终前。

95. 示儿-1210

〔宋〕陆游

死去元知万事空

但悲不见九州同

王师北定中原日

家祭无忘告乃翁

陆游（1125年—1210年），字务观，号放翁，南宋文学家、史学家、杰出诗人，今浙江绍兴人，尚书右丞陆佃之孙，历职福州宁德县主簿、敕令所删定官、隆兴府通判、宝章阁待制等，因坚持抗金，屡遭主和派排斥。

嘉泰二年（1202年），游奉诏入京，主持编修孝宗、光宗《两朝实录》《三朝史》，书成后长期退隐家乡。嘉定二年（1210年1月26日），游年老辞世。这首诗作于临终前。

96. 献帅府经历-1224

〔宋〕李伸之

一饭感恩无地报
此心许国已天知
胸中千古蟠钟阜
一死鸿毛断不移

李伸之（生卒年不详），南宋抗金英雄，曾任官统制。

嘉定年间（1208年—1224年），伸之抗金，兵败被俘，金军帅府经历官刘达卿设宴劝降，在劝酒之前，伸之献上这首诗以明心志，遂遇害，殉国辞世。

97. 绝笔诗-1224

〔宋〕韩㴲

少壮既奚为，老矣复难强
紫芝未必仙，采之亦可饷
耋耄八九十，道可无俯仰
所以商山人，辞汉宁复往

韩㴲（1159年—1224年），字仲止，一作子仲，号涧泉，南宋官员、诗人，著名诗人韩元吉之子，今江西上饶人，祖籍河南开封。

嘉定十七年（1224年），㴲因病辞世。这首诗作于临终前。

98. 绝笔-不详

〔宋〕陈大雅

胡柳陂中过，令人念战功
兵交千骑没，血染一川红
朱氏皆豚犬，唐家尽虎龙
壮图成慷慨，掷剑向西风

陈大雅（生卒年不详），生活于北宋，今浙江象山人，喜诗。

北宋张表臣《珊瑚钩诗话》记载："外祖陈公大雅，为人刚果，文章似之。踰八十乃死,死翌日复苏,索笔题诗云云,题毕乃逝。"可知大雅假死第二日,回光返照时写下这首诗,即辞世。

99. 绝命词-1235

〔宋〕卢氏

夫为苌弘血
妾感共姜诗
夫妻同死义
天地一凄其

卢氏(?—1235年),南宋烈女,今湖北荆门人,统制吴源之妻。

端平二年(1235年),元军进攻襄阳,吴源率军援救,阵亡。卢氏闻讯赶赴前线,哭祭丈夫,处理后事,后自缢,殉夫辞世。这首诗作于临终前。

100. 练裙带诗-1259

〔宋〕韩希孟

我质本瑚琏,宗庙供萍蘩
一朝婴祸难,失身戎马间
宁当血刃死,不作衽席完
汉上有王猛,江南无谢安
长号赴洪流,激烈摧心肝

韩希孟(1242年—1259年),南宋烈女,今湖南岳阳人,据说是北宋大臣韩琦的后代,少聪喜书。

开庆元年(1259年),元军攻破岳阳,掳十七岁希孟,拟献元将。她不甘受辱,投水自溺,殉节辞世。三天后,这首诗是在她死时练裙中发现的。

101. 袖中遗诗-1274

〔宋〕朱氏

既不辱国,幸免辱身
世食宋禄,羞为北臣
妾辈之死,守于一贞

忠臣孝子，期以自新

朱氏（？—1274年），南宋烈女，宫女。

咸淳十年（1274年）二月，元左垂相伯颜掳南宋宫妃北去元上都（今蒙古正蓝旗东）。朱氏与宫女陈氏誓不受辱，沐浴整衣，自焚，殉节辞世。这首诗是在她死时衣袖中发现的。

102. 绝命词-1274

〔宋〕边居谊

孤城高倚汉江秋
血战三年死未休
铁石肝肠忠义胆
精灵常向岘山留

边居谊（？—1274年），南宋抗元将领，今湖北随州人，初事抗元英雄、两淮制置使李庭芝，后因战功升都统制。

咸淳十年（1274年），居谊为京湖制置帐前都统，守新城。是年十月，元军破城，遂自焚，殉国辞世。这首诗作于临终前。

103. 绝命诗-1274

〔宋〕赵卯发

国不可背
城不可降
夫妇同死
节义成双

赵卯发（？—1274年），字汉卿，南宋抗元英雄，今重庆大足人，历职遂宁府司户、宣城宰、彭泽令等。

咸淳十年（1274年），卯发任池州通判并权知州事，元军破城，与妻自尽，殉国辞世。

104. 满庭芳-1275

〔宋〕徐君宝妻

汉上繁华，江南人物，尚遗宣政风流

绿窗朱户，十里烂银钩

一旦刀兵齐举，旌旗拥、百万貔貅

长驱入，歌楼舞榭，风卷落花愁

清平三百载，典章人物，扫地都休

幸此身未北，犹客南州

破鉴徐郎何在，空惆怅，相见无由

从此后，断魂千里，夜夜岳阳楼

徐君宝妻（？—1275年），南宋烈女，今湖南岳阳人。

德祐元年（1275年）四月，岳州城破，徐妻被掳杭州。路上，元军见其貌美，欲占，均被其巧拒。到杭州，主帅极恼怒，她自知难免，对曰："等我祭奠了先夫，再与你成亲不迟。"于是"严装焚香，再拜默祝，南向饮泣"，在壁上题下这首词，遂自溺，殉节辞世。

105. 辞庙诗-1275

〔宋〕赵淮

祖父有功王室，德泽沾及子孙

今淮计穷被执，誓以一死报君

刀锯置之不问，万折忠义常存

急告先灵速引，庶几不辱家门

赵淮（？—1275年），字静斋，南宋抗元英雄，今湖南衡阳人。

淮抗元，屡立战功，官至淮东转运使，后在溧阳起兵抗元，兵败被俘，掳北。行前，淮拜辞家庙并作这首诗。元军逼他招降抗元英雄、两淮制置使李庭芝，他到城下大呼："李庭芝，男子死耳，毋降也。"元军大怒，他遂遇害，殉国辞世，尸弃江滨。

106. 海口-1276

〔宋〕皇甫明子

穷岛迷孤青，飓风荡顽寒
不知是海口，万里空波澜
蛟龙恃幽沉，怒气雄屈蟠
峥嵘抉秋阴，挂席潮如山
荧惑表南纪，天去何时还
云旗光惨淡，腰下青琅玕
谁能居甬东，一死谅非难
呜呼朝宗意，会见桑土干

皇甫明子（？—1276年），字东生，南宋志士，今浙江宁波人，性豪宕，往来江淮间。

德祐二年（1276年3月），元军攻破临安，掳帝后北去。后赵昰在福州即帝位，然元军进攻闽广，势如破竹。明子见复国无望，跳海，殉忠辞世。这首诗作于跳海前。

107. 壁上血诗-1276

〔宋〕林空斋

生为忠义臣
死为忠义鬼
草间虽可活
吾不忍为尔
诸君何为者
自古皆有死

林空斋（？—1276年），号空斋，名佚，南宋抗元英雄，今福建永泰人，进士，历职知县，后辞官返乡。

德祐二年（1276年），益王立于福州，空斋与黄必大起兵抗元，取永福县。元军攻破永福，众人慌逃，空斋盛服危坐堂上，咬指题壁，写下这首诗，后被俘遇害，殉国辞世。

108. 绝命诗-1276

〔宋〕徐应镳

二男并一女
随我上梯云
烈士甘焚死
丹心照紫雯

徐应镳（？—1276年），字巨翁，南宋志士，今浙江江山人，咸淳末太学生。

德祐二年（1276年）春，元军攻破临安，掳帝后北去，太学生百余人从行。应镳不从，具酒牲祭临安岳飞穆祠，誓与子女殉国。祭毕，以酒肉饷诸仆，待仆人酣睡，应镳自写绝命诗，二子徐琦、徐崧及十六岁女元娘亦写绝命诗，四人同登住所梯云楼纵火。一仆闻火声上楼窥窗，见他们父子端坐火光中，急灭火。应镳父子求死不得，怏怏出门，不知去向。次日人们在穆祠前井中发现尸体，都僵立瞠目，面如生人。

事见《宋史》卷四五一《徐应镳传》、清同治《江山县志》卷七。

109. 濒死自悼-1276

〔宋〕徐琦

每说天兵出守疆，忽闻劲敌犯睢阳
火焚郡邑人民苦，血染江淮鬼物伤
忠报君恩名不朽，孝随亲死义难忘
皇天后土宜知鉴，白日英魂腾剑光

徐琦（？—1276年），南宋志士，徐应镳长子，淳祐九年（1249年）进士。宋亡，父子四人举家殉国。见前。

110. 绝命诗-1276

〔宋〕徐崧

成仁取义在於斯，一死君恩报未迟
杲日当空存正气，狂澜砥柱起常彝
孔明未复中原鼎，鹏举空搴二帝旗

可恨奸回移宋祚，阖门厉鬼泣秦师

徐崧（？—1276年），南宋志士，徐应镳次子，咸淳三年（1267年）进士。宋亡，父子四人举家殉国。见前。

111. 绝命诗二首-1276

〔宋〕徐元娘

其一

毓秀含华十六龄，慈帏口授十三经
奇文不欲撑天地，大节偏教揭日星
何姓移刘亡汉室，谁人复楚乞秦廷
愿从一死明忠孝，碧血应留万古青

其二

弱质原归玉女峰，家亡国破恨重重
椿萱已遂抒忠愿，昆弟先教殉难从
热血千年啼杜宇，寒泉三尺照芙蓉
堪怜宫院齐收北，忍听天朝长乐钟

徐元娘（1261年—1276年），南宋烈女，徐应镳之女。宋亡，父子四人举家殉国，元娘年十五。见前。

112. 绝命诗-1276

〔宋〕邓得遇

宋室忠臣，邓氏孝子
不忍偷生，宁甘溺死
彭咸故居，乃吾潭府
屈公子平，乃吾伴侣
优哉悠哉，吾得其所

邓得遇（？—1276年），字达夫，号清湖，南宋抗元志士，今四川邛崃人，淳祐十年（1250年）进士，历职宁远主簿、知南昌县、知昭州、广西提点刑狱，寻摄经略事兼知静江府等。

德祐二年（1276年），元军攻破静江（今广西桂林），得遇投江自溺，殉国辞世。

113. 元兵俘至合沙，诗寄仲子 -1276

〔宋〕陈文龙

斗垒孤危势不支，书生守志誓难移
自经沟渎非吾事，得死封疆是此时
须信累臣堪衅鼓，未闻烈士树降旗
一门百指沦胥北，惟有丹衷天地知

陈文龙（1232年—1276年），初名子龙，字刚中，宋度宗改名文龙，赐字君贲，号如心，南宋抗元名将，今福建莆田人，陈俊卿五世从孙，咸淳四年（1268年）状元，明代封福州府城隍，福州人称"尚书公"。

德祐二年（1276年），元军南下，使者两次劝降文龙，均被其焚书斩杀。文龙后被俘，押解杭州途中绝食，经杭州谒拜岳飞庙时，气绝而亡，殉国辞世，葬杭州西湖智果寺旁。

这首诗是文龙被俘后写给二儿子的。

114. 出塞曲（二首选一）-1276

〔宋〕张琰

腰间插雄剑，中夜龙虎吼
平明登前途，万里不回首
男儿当野死，岂为印如斗
忠诚表壮节，灿烂千古后

张琰（？—1276年），字汝玉，南宋抗元英雄，今江苏扬州人，在抗元英雄、两淮制置使李庭芝部下当州牙兵。

德祐二年（1276年），元军破城后，琰随李庭芝突围，众将士逃散，他一人坚决抵抗，后遇害，殉国辞世。

115. 烬余录-1276

〔宋〕谢绪

立志平夷尚未酬，莫言心事付东流
沦胥天下谁能救，一死千年恨不休
湖水不沉忠义气，淮淝自愧破秦谋
苕溪北去通胡塞，流此丹心灭虏酋

谢绪（1250年—1276年），南宋志士，今浙江杭州人，住安溪下溪湾（原名谢家湾）。

德祐二年（1276年），元军掳帝后北去。绪叹息说，活着不能报效朝廷，吃元朝俸禄是耻辱，便写下这首诗，即整衣北拜，投苕溪自溺，殉国辞世。

116. 刺血诗-1276

〔宋〕李芳树

去去复去去，悽恻门前路。行行重行行，辗转犹含情
含情一回首，见我窗前柳。柳北是高楼，珠帘半上钩
昨为楼上女，帘下调鹦鹉。今为墙外人，红泪沾罗巾
墙外与楼上，相去无十丈。云何咫尺间，如隔千里山
悲哉两泪绝，从此终天别。别鹤空徘徊，谁念鸣声哀
徘徊日欲晚，决意投身返。手裂湘裙裾，泣寄稿砧书
可怜帛一尺，字字血痕赤。一字一酸吟，旧爱牵人心
君如收覆水，妾罪甘鞭箠。不然死君前，终胜生弃捐
死亦无别语，愿葬君家土。倘化断肠花，犹得生君家

李芳树（生卒年不详），南宋末人。

芳树被丈夫休弃，赶出家门。她笃于爱情，撕下湘裙，血书这首诗，殉情辞世。

117. 绝命辞-1277

〔宋〕王士敏

此生无复望生还

一死都归谈笑间
　　大地尽为鲜血污
　　好收我骨首阳山

王士敏（？—1277年），南宋抗元英雄，今安徽太和人。

景炎二年（1277年），元军攻破泰和，士敏与同乡刘士昭组织乡勇抵抗，欲夺回泰和，兵败被俘遇害，殉国辞世。这首诗作于临终前。

118. 血帛诗-1277

〔宋〕刘士昭

　　生为宋民
　　死为宋鬼
　　赤心报国
　　一死而已

刘士昭（？—1277年），南宋抗元英雄，今安徽太和人，曾为针工。

景炎二年（1277年），士昭与同乡王士敏组织乡勇抵抗，欲夺回县城，兵败被俘自尽，殉国辞世。这首诗作于临终前。见前。

119. 题青枫岭石-1277

〔宋〕王氏

　　君王无道妾当灾，弃女抛男逐马来
　　夫面不知何日见，此身料得几时回
　　两行清泪偷频滴，一片愁眉锁未开
　　回首故山看渐远，存亡两字实哀哉

王贞妇（？—1277年），南宋烈女，嫁浙江临海。

德祐二年（1276年）冬，元军攻入浙江，王氏与公婆丈夫被俘。千夫长见她貌美，杀其公婆丈夫，欲强施暴。她哀恸不已，欲自尽，被阻。次年春，在押解噪县途中经过青枫岭，她趁人不备，咬指，在石上写下这首诗，遂投崖，殉节辞世。

120. 海边僧寺绝笔-1279

〔宋〕诸葛梦宇

孤臣垂死愈心伤，卷土重来岂望还
万里海涛鸣战鼓，千年灵气结浮山
鱼龙亦解齐殊类，犬马谁教到此间
留得御风魂不散，直须号哭叩天关

诸葛梦宇（？—1279年），字芝苧，号桐庵，南宋官员，咸淳十年（1274年）进士，历职参知政事、签书枢密院事等。

祥兴二年（1279年），崖山兵败，梦宇自缢，殉国辞世。这首诗作于临终前。

121. 感赋（二首）-1279

〔宋〕马南宝

其一
翔龙宫殿已蓬飘，此日伤心万国朝
目击崖门天地改，寸心难与夜潮消

其二
黄屋匡扶事已非，遗黎空自泪沾衣
众星耿耿沧溟底，恨不同归一少微

马南宝（1244年—1279年），南宋官员，祖籍开封府汴梁，宋南迁时，举家迁广东新会，再迁广东香山。

景炎二年（1277年），宋端宗赵昰航海避敌，路径香山，南宝献米千石，授工部侍郎，端宗还以他家为临时宫室。次年，端宗病逝，陆秀夫等拥赵昺为帝，朝廷驻碙州小岛。

祥兴二年（1279年），南宝谋迎赵昺，以香山为据。这首诗作于崖山战役后，他欲再举兵不果，遇害，殉国辞世。

122. 衣带赞-1283

〔宋〕文天祥

吾位居将相，不能救社稷，正天下，军败国辱，为囚虏，其当死久矣。倾被执以来，欲引决而无间，今天与之机，谨南向百拜以死。其赞曰，孔曰成仁，孟曰取义。唯其义尽，所以仁至。读圣贤书，所学何事？而今而后，庶几无愧。

文天祥（1236年—1283年），初名云孙，字宋瑞、履善，号浮休道人、文山等，南宋抗元大臣、文学家，今江西吉安人，与陆秀夫、张世杰并称"宋末三杰"。

祥兴元年（1278年），天祥在广东海丰兵败被俘，押至元大都（今北京），被囚三年，屡经威逼利诱，不屈。至元二十年（1283年1月9日），在大都柴市（今北京交道口南大街）遇害，殉国辞世。这段赞文是在他遇害衣带中找到的。

天祥被元军押至潮阳时，元将张弘范要他写信招降张世杰。他说："我不能保卫父母，还教别人叛离父母，可以吗？"因多次强迫索要书信，他创作了杰出的《过零丁洋》。

  辛苦遭逢起一经，干戈寥落四周星
  山河破碎风飘絮，身世浮沉雨打萍
  惶恐滩头说惶恐，零丁洋里叹零丁
  人生自古谁无死，留取丹心照汗青

123. 初到建宁赋诗一首-1289

〔宋〕谢枋得

  雪中松柏愈青青，扶直纲常在此行
  天下岂无龚胜洁，人间不独伯夷清
  义高更觉生堪舍，礼重方知死甚轻
  南八男儿终不屈，皇天上帝眼分明

谢枋得（1226年—1289年），字君直，号叠山、依斋，南宋抗元大臣、杰出诗人，今江西上饶人，任六部侍郎。

至元二十六年（1289年4月25日），枋得率义军在江东抗元，兵败被俘。押解燕京途中，绝食二十多日，到燕京后，继续绝食五日，殉国辞世。这首诗作于北行前。

124. 梅花诗-不详

〔宋〕李少云

素艳明寒雪
清香任晓风
可怜浑似我
零落此山中

李少云（生卒年不详），女，丧夫无子，着道士服，喜炼丹砂，善诗文，《彦周诗话》评其诗"无胭泽气"。

少云写这首诗不久，即忧恨辞世。

125. 夜行船-不详

〔宋〕倪君奭

年少疏狂今已老
筵席散，杂剧打了
生向空来，死向空去，有何喜，有何烦恼
说与无常二鬼道
福亦不作，祸亦不造
地狱阎王，天堂玉帝，看你去哪里押到

倪君奭（生卒年不详），生活于宋代，今浙江宁波人。这首诗作于临终前不久。

金　元

126. 病中感寓赠徐威卿兼简曹益甫高圣举-1257

〔金〕元好问

读书略破五千卷，下笔须论二百年
正赖天民有先觉，岂容文统落私权
东曹掾属冥行废，乡校迁儒自圣癫
不是徐卿与高举，老夫空老欲谁传

元好问（1190年—1257年），字裕之，号遗山，金元杰出文学家、历史学家，今山西忻州人，金宣宗兴定五年（1221年）进士，历职国史院编修、知制诰等。金亡后，元好问被囚数年，晚年回乡，隐居不仕。

元宪宗七年（1257年），好问因病辞世。这首诗所提徐威卿等四人是他朋友，曹益甫在此诗题注中写"先生绝笔"。

127. 辞世诗-1324

〔元〕贯云石

洞花幽草结良缘
被我瞒他四十年
今日不留生死相
海天明月一般圆

贯云石（1286年—1324），字浮岑，号成斋、疏仙、酸斋，原名小云石海涯，因父名贯只哥，以贯为姓，元代散曲家、诗人，祖籍今新疆吉木萨尔，畏兀儿（今维吾尔族）人，精通汉文，望族出身，祖父阿里海涯为元代开国大将，历职翰林侍读学士、中奉大夫、知制诰同修国史等。

云石后称疾辞官，退隐于杭州一带，在钱塘卖药为生。这首诗作于临终前不久。

128. 咏喜雨-1329

〔元〕张养浩

用尽我为民为国心，祈下些值玉值金雨

数年空盼望，一旦遂沾濡

唤省焦枯，喜万象春如故

恨流民尚在途，留不住都弃业抛家，当不的也离乡背土

恨不得把野草翻腾做菽粟，澄河沙都变化做金珠

直使千门万户家豪富，我也不枉了受天禄

眼觑着灾伤叫我没是处，只落的雪满头颅

青天多谢相扶助，赤子从今罢叹吁

只愿的三日霖霪不停住，便下的当街似五湖

都淹了九衢，犹自洗不尽从前受过的苦

张养浩（1270年—1329年），字希孟，号云庄，又称齐东野人，济南历城人，元代官员，一生经历数朝，历职监察御史、翰林侍读、右司都事、礼部尚书、中书省参知政事等。

养浩辞官后，朝廷七聘不出。天历二年（1329年），关中大旱，遂出任陕西行台中丞。这首曲名为"南吕一枝花"，写久旱后大雨的喜悦，他不久即于任所因病辞世。

129. 答金定-1367

〔元〕刘翠翠

一自乡关动战锋，旧愁新恨几重重

肠虽已断情难断，生不相从死亦从

长使德言藏破镜，终教子建赋游龙

绿珠碧玉心中事，今日谁知也到侬

刘翠翠（生卒年不详），元末民女，今江苏淮安人，通诗书，嫁金定，恩爱无比。

张士诚起兵，翠翠为其部李将军掳。金定辗转寻到湖州，诈称与翠翠是兄妹，被李任为记室，但因闺阁深邃，内外隔绝，无法见面，便写诗缝在衣中，转给翠翠。翠翠拆衣见诗，吞声而泣，作下这首诗，也缝在衣中转给金。不久，两人殉情辞世。

130. 题壁-1360

〔元〕蔺氏

泾渭难分浊与清，此身不幸厄红巾
孤儿岂忍更他姓，烈妇何曾事二人
白刃自挥心似铁，黄泉欲到骨如银
荒村日落猿啼处，过客闻之亦伤神

蔺氏（生卒年不详），元代烈女，今江西吉安人。

蔺氏因才貌出众，被红巾军掳军中。她不甘受辱，题诗于壁，亲手杀死自己儿子后自尽，殉节辞世。

131. 题墙上血诗-1360

〔元〕胡妙端

弱质空怀漆室忧，搜山千骑入深幽
旌旗影乱天同惨，金鼓声婬鬼亦愁
父母劬劳何日报，夫妻恩爱此时休
九泉有路还归去，那个云边是越州

胡妙端（？—1360年），今浙江嵊县人。

据《辍耕录》记载，元至正二十年（1360年）春，妙端被苗人掳金华，欲占，义不受辱，三月二十四咬指题诗墙上，溺水，殉节辞世。

132. 书扇寄玉岛在瑶芳所书是日食金桃-1370

〔元〕杨维桢

昨日追随阿母游
锦袍人在紫云楼
谱传玉笛俄相许
果出金桃不外求

杨维桢（1296年—1370年），字廉夫，号铁崖、铁笛道人、铁心道人、老铁、抱遗老人等，元末明初诗人、文学家、书画家，绍兴诸暨人。

洪武三年（1370年），维桢奉诏入京，见太祖朱元璋，奏称："陛下竭吾所能，不强吾所不能则可，否则有蹈海死耳。"留京百有一十日，待所修书叙例略定，即乞归家。太祖碍其名望太大，没勉强。行前宋濂赠诗曰："不受君王五色诏，白衣宣至白衣还。"到家后，他急撰《归全堂记》，掷笔辞世。此诗附注："先生以洪武庚戌夏五月辛丑卒，此诗其绝笔也。"

133. 裂帛诗-1350

〔元〕何氏

妾长朱门十九春，岂期今逐虏囚奔
失身无补君王事，死节难酬夫婿恩
江静纵教沉弱质，月明谁与吊孤魂
只愁父母难相见，愿与来生作子孙

何氏（生卒年不详），元代烈女，今四川乐山人。

至正年间（1341年—1368年），何氏被士兵掳，不甘受辱，撕烂衣衫，作下这首诗，后投江自溺，殉节辞世。

134. 赋庭柏-1350

〔元〕刘宜

群卉枯落时
挺节成孤秀
即保岁寒心

　　　　　不在遐年寿

　　刘宜（生卒年不详），元代烈女，生活于至正年间（1341年—1368年）。
　　宜与姑姑华氏被强盗掳，故意怒骂激怒强盗，遂遇害，殉节辞世。这首诗作于临终前。

135.踏莎行-1253

〔元〕贾云华

　　随水落花，离弦飞箭，今生无处能相见
　　长江纵使向西流，也应不尽千年怨
　　盟誓无凭，情缘有限，愿魂化作啣泥燕
　　一年一度归来，孤雌独人郎庭院

　　贾云华，（1314年—？），字娉娉，生于浙江杭州，自幼聪颖，饱览群书，父亲贾平章。
　　云华父亲与钜鹿人魏鹏家有指腹婚约，待魏成人后访贾家，贾母命云华与鹏结为兄妹，不提婚事，然二人相悦。后鹏仕，贾母仍不悦。未久，魏母病逝，鹏奔丧回家，云华忧伤辞世。这首诗作于云华送魏回家奔丧时。

136.绝命诗-元末

〔元〕无名氏

　　吾夫吾夫，乃遭无辜
　　感君大孝，以全舅姑
　　吾为之妻，其心如何
　　乘此烈焰，生死同科

　　无名氏（生卒年不详）。
　　据《常熟县志》记载，元末，天下大乱，她被乱军抓获，欲占，先杀其夫。她见夫被杀，骗说："你们把我的丈夫先烧掉，我才跟你们。"乱军刚放火，她就用一钉子在墙上划下绝命诗，蹈火，殉节辞世。

明 代

137. 被捕离开苏州时作-1374

〔明〕高启

枫桥北望草斑斑

十去行人九不还

自知清澈原无愧

盍请长江鉴此心

高启（1336年—1374年），字季迪，号槎轩，明初杰出诗人，今江苏苏州人，历职翰林院国史编修官、户部右侍郎等，后辞官回乡。

回乡后，启与苏州知府魏观相交。苏州府衙原为张士诚宫殿，年久失修，魏遂重修，后被诬陷，致朱元璋大怒。因修建府衙的《上梁文》为启作，于是，魏、高二人被押解南京，启镇定如常，吟哦不绝。这首诗是其中一首。

洪武七年（1374年），启被腰斩于南京，殉义辞世。

138. 绝笔诗-1381

〔明〕宋濂

生平别无念

念念在麟溪

生当复来归

死当长相思

宋濂（1310年—1381年），初名寿，字景濂，号潜溪、龙门子、玄真遁叟等，祖籍今浙江义乌，后迁今浙江浦江，元末明初大臣、杰出文学家、史学家，历职翰林学士承旨、知制诰等，与高启、刘基并称"明初诗文三大家"，被朱元璋誉为"开国文臣之首"，人称"宋龙门"，明武宗谥"文宪"。

元末，濂辞朝廷征命，修道著书。明初，受朱元璋聘为"五经师"，为太子朱标讲经，后主修《元史》。

洪武十年（1377年），濂年老辞官回乡。洪武十四年（1381年6月20日），因长孙宋慎牵连胡惟庸案，他被流放茂州，途中于夔州因病辞世。这首诗作于临终前不久。

139. 临刑口占-1393

〔明〕孙蕡

鼍鼓三声近

西山日又斜

黄泉无客舍

今夜宿谁家

孙蕡（1337年—1393年），字仲衍，号西庵先生，明初官员、画家，今广东顺德人，洪武三年（1370年）进士，历职工部织染局使、长虹县主簿、翰林典籍等，曾参与修订《洪武正韵》。

蕡因曾为大将军蓝玉作诗题画而株连，因罪辞世。这首诗作于临刑前。

140. 临难词-1397

〔明〕杨靖

可惜跌破了照世界的轩辕镜

可惜颠折了无私曲的量天秤

可惜吹熄了一盏须弥有道灯

可惜陨碎了龙凤冠中白玉簪

三十三刻休，前世前缘定

杨靖（1359年—1397年），字仲宁，明初官员，今江苏淮安人，洪武十八年（1385年）进士，历职户部侍郎、左都御史等。

洪武三十年（1397年）七月，靖因为乡人代改诉冤状，为御史弹劾，被赐死，负罪辞世。这首诗作于临终前。

141. 绝命词-1402 5

〔明〕方孝孺

天降乱离兮，孰知其由
奸臣得计兮，谋国用犹
忠臣发愤兮，血泪交流
以此殉君兮，抑又何求
呜呼哀哉兮，庶不我尤

方孝孺（1357年—1402年），字希直，一字希古，号逊志，明初大臣、文学家，浙江宁海人，因故里旧属缑城里，人称"缑城先生"；又因在汉中府任教授时，蜀献王赐名其读书处"正学"，人称"正学先生"，南明弘光帝谥"文正"。

建文四年（1402年）五月，燕王朱棣攻破南京，孝孺拒降被俘。是年六月，因拒为燕王拟即位诏书，被灭十族，凌迟遇害，殉忠辞世。

142. 临刑口占-1402

〔明〕方孝友

阿兄何必泪潸潸
取义成仁在此间
华表柱头千载后
旅魂依旧到家山

方孝友（1360年—1402年），字希贤，明初志士，浙江宁海人，方孝孺弟。

方孝孺被灭十族，孝友被铁链捆绑着出现在哥哥面前，口占这首诗，殉义辞世。见前。

143. 绝命词-1402

〔明〕王叔英

人生穹壤间，忠孝贵克全
嗟予事君父，自省多过愆

有志未及竟，奇疾忽见缠

　　肥甘空在案，对之不能咽

　　意者造化神，有命归九泉

　　尝念夷与齐，饿死首阳巅

　　周粟岂不佳，所见良独偏

　　高踪邈难纵，偶尔无足传

　　千秋史臣笔，慎勿称希贤

　　王叔英（？年—1402年），字原采，号静学，明初官员，今浙江台州人，与方孝孺为至交，历职仙居训导、德安教授、汉阳知县、翰林修撰等。

　　建文四年（1402年），燕王朱棣攻破南京，时叔英奉建文帝命募兵反击，行至广德，得知败局。他沐浴更衣，书绝命诗藏于衣裾间，于玄妙观银杏树下自尽，殉忠辞世。后其妻于狱中自尽，两个女儿投井自尽，皆殉节辞世。

144. 绝命诗-1402

〔明〕陈迪

　　三受天王顾命新

　　山河带砺此丝纶

　　千秋公论明于日

　　照彻区区不二心

　　陈迪（？—1402年），字景通，明初官员，今安徽宣城人，历职宁国府训导、翰林编修、礼部尚书等。

　　建文四年（1402年），燕王朱棣攻破南京，时迪奉建文帝命在外筹集军需品，得知败局，即返京城。他面对朱棣毫无惧色，愤怒指斥，他及儿子陈凤山等六人遂受磔刑，殉忠辞世。磔刑，即车裂，"五马分尸"。这首诗是在他遗体中发现的。

145. 自赞-1432

〔明〕曾棨

　　官詹非小，六十非夭

　　我以为多，人以为少

　　易箦盖棺，此外何求

青山白云，乐哉斯丘

曾棨（1372年—1432年），字子棨，号西墅，明初才子，江西永丰人，永乐二年（1404年）状元，廷对两万言不打草稿，曾任《永乐大典》编纂，善草书，人称"江西才子"。

棨体魄魁硕，爱饮酒，人称"酒状元"。宣德七年（1432年），他病危临终前仍痛饮美酒，后因病辞世。这首诗作于临终前。

146. 绝命诗-1435

〔明〕郭爱

修短有数兮，不足较也
生而如梦兮，死者觉也
先吾亲而归兮，惭予之失孝也
心凄凄而不能已兮，是则可悼也

郭爱（1421年—1435年），字善理，明初才女，安徽凤阳县人，十四岁才名远播，被选入宫，成为明宣宗朱瞻基的妃子。

明宣宗是明太祖朱元璋之曾孙、明成祖朱棣之孙、明仁宗朱高炽之子，明代第五位皇帝。他少时聪颖，深得祖父朱棣喜爱，多次随祖父征蒙古，洪熙元年（1425年）即位，重视吏治和财政，开创"仁宣之治"。

宣德十年（1435年），明宣宗因病辞世。依惯例，嫔妃陪葬。爱入宫仅二十日，未蒙皇帝宠幸，即殉葬辞世。

147. 辞世诗-1457

〔明〕于谦

成之与败久相依，岂肯容人辨是非
奸党只知谗得计，忠臣却视死如归
先天预定皆由数，突地加来尽是机
忍过一时三刻苦，芳名包管古今稀

于谦（1398年—1457年），字廷益，号节庵，明初大臣，今浙江杭州人，官至少保，明宪宗谥"肃愍"，明神宗改谥"忠肃"。

天顺元年（1457年），大将石亨等诬陷谦谋立襄王之子，他遂含冤遇害辞世。

148. 临终诗-1464

〔明〕薛瑄

土炕羊褥纸屏风

睡觉东窗日影红

七十六年无一事

此心惟觉性天通

薛瑄（1389年—1464年），字德温，号敬轩，明中期理学家、文学家，今山西运城人，河东学派创始人，人称"薛河东"，永乐十九年（1421年）进士，历职通议大夫、礼部左侍郎兼翰林院学士等，追赠资善大夫、礼部尚书，谥"文清"，隆庆五年（1571年）从祀孔庙。

天顺八年（1464年），瑄因病辞世。这首诗作于临终前。

149. 临终诗-1500

〔明〕陈献章

记仙终被谤

记佛岂多修

弄艇沧溟月

闻歌碧玉楼

陈献章（1428年—1500年），字公甫，号石斋，人称"白沙先生"，明中期学者，广东新会人，受学于吴与弼，师承陆九渊，一生绝意仕途，曾授翰林院检讨，后屡荐不应。

弘治十三年（1500年），献章因病辞世。临终前几日，他着朝服朝冠，焚香北面五拜三叩，说"吾辞吾君"，后作此诗。

150. 绝笔诗-1524

〔明〕唐寅

一日兼他两日狂，已过三万六千场

他年新识如相问，只当飘流在异乡

生在阳间有散场，死归地府又何妨
阳间地府俱相似，只当飘流在异乡

唐寅（1470年－1524年），字伯虎，小字子畏，号六如居士，明中期杰出画家、书法家、诗人，今江苏苏州人，祖籍凉州晋昌郡，一代才子，一生辛酸潇洒。

嘉靖三年（1524年1月7日），寅病逝，死后无葬钱，好友祝枝山等将他葬于桃花坞，祝枝山写了《墓志铭》。这首诗作于临终前。

151. 就义诗-1555

〔明〕杨继盛

浩气还太虚
丹心照千古
生平未报国
留作忠魂补

杨继盛（1516年—1555年），字仲芳，号椒山，明中期杰出谏臣，今河北容城人。明穆宗以继盛为直谏诸臣之首，追赠太常少卿，谥"忠愍"。

嘉靖三十二年（1553年），继盛上疏力劾严嵩"五奸十大罪"，遭诬陷下狱，嘉靖三十四年（1555年）遇害辞世。押解刑场时，他放声吟诵这首诗。

152. 病中永诀李张唐三公-1559

〔明〕杨慎

魑魅御客八千里，羲皇上人四十年
怨诽不学离骚侣，正葩仍为风雅仙
知我罪我春秋笔，今吾故吾逍遥篇
中溪半谷池南叟，此意非君谁与传

杨慎（1488年—1559年），字用修，号月溪、逸史氏、博南山人、洞天真逸等，明中期官员、文学家，明代三才子之首，四川新都人，祖籍庐陵，东阁大学士杨廷和之子。

明武宗死后，膝下无子，立兴献王朱厚熜为帝，即世宗。世宗上台六天即下诏礼部，追赠生父生母。慎坚决反对，二百多人跪左顺门请愿。世宗大怒，慎被打几死，遂谪戍永昌卫（今云南保山）。

嘉靖三十八年（1559年8月8日），慎于贬谪地因病辞世。这首诗是他临终前与朋友的诀别。

153. 吾族（此遗民绝笔诗也）-1575

〔明〕王跂

吾族在宋代，轮翻称名门
颇执仕韩节，终元无显人
大明既中天，稍稍登缙绅
迨兹三百年，奕叶被国恩
小子最不才，暮忝观国宾
迨兹祚中绝，空伤嫠妇魂
五人下农禄，四叶太平民
祈死非吾分，偷生愧此身
悠悠盖棺意，欲与楚龚论

王跂（1495年—1575年），字茂秦，号四溟山人、临廘山人等，明代诗人，山东临清人，潜心诗歌，因病辞世。这首诗作于临终前。

154. 系中八绝（选一）-1602

〔明〕李贽

志士不忘在沟壑
勇士不畏丧其元
我今不死更何待
愿早一命归黄泉

李贽（1527年—1602年），初姓林，名载贽，后改姓李，名贽，字宏甫，号卓吾、温陵居士、百泉居士等，福建泉州人，汉族，一说回族，明晚期官员、文学家、思想家，泰州学派一代宗师，嘉靖三十一年（1552年）举人，历职共城教谕、国子监博士、姚安知府等。

贽晚年辞官后，寄寓湖北黄安（今红安）、麻城芝佛院。在麻城讲学时，从者数千，有不少妇女。他被诬陷"抉妓女，白昼同浴"而入狱，虽年高体病，但至死不屈，于狱中自刎，殉义辞世。这首诗作于狱中。

155. 忽忽吟 -1616

〔明〕汤显祖

望七孤哀子

茕茕不如死

含笑侍堂房

斑衰拂蝼蚁

汤显祖（1550年—1616年），字义仍，号海若、若士、清远道人，明晚期戏曲家、文学家，江西临川人，后迁汤家山（今江西抚州）。

万历十九年（1591年），显祖因弹劾官僚腐败，触怒皇帝，被贬徐闻典史，后调浙江遂昌知县，又因触怒权贵招上司非议，于万历二十六年（1598年）辞官回乡。家居期间，他一方面希望"起报知遇"，一方面希望"朝廷有威风之臣，郡邑无饿虎之吏，吟咏升平，每年添一卷诗足矣"。

万历四十四年（1616年7月29日），显祖病危，邻居和家人守候在他床前。有人告诉他门人甘伯声来信问病，他睁开眼睛，强打精神，口占这首诗，即因病辞世。

156. 怨 -1620

〔明〕冯小青

新妆竟与画图争

知是昭阳第几名

瘦影自临春水照

卿须怜我我怜卿

冯小青（生卒年不详），名玄玄，字小青，明代烈女，今江苏扬州人，生活于万历年间（1573年—1620年），善诗词音律。

小青嫁杭州富家公子冯通为妾，讳同姓，仅以字称，为正室所妒，迁孤山别业。亲戚劝她改嫁，不从，命画师画像自奠，凄怨成疾，殉情辞世，年十八。

157. 绝命诗-（1621年-1627年）

〔明〕何玉宋

儿生十八秋
举止无人识
黄泉愿同归
白日何太急

何玉宋（生卒年不详），福建福清人。

据《福清县志》记载，明天启年间（1621年-1627年），玉宋与林洪樋订婚，没等成婚，林染病先逝。玉宋闻讣，即与母诀，暗地做了一双绣着并蒂莲红鞋，对堂妹说："我要穿着这双鞋长眠不醒！"还为母做了几十双鞋，言母："以后恐怕不能再为您做了。" 一天，亲戚喜事，玉宋劝母贺喜。母走后，即把为母做的鞋及这首绝命诗封存箱子，上吊，殉节辞世。

158. 狱中被害日作-1626

〔明〕黄尊素

正气常留海岳愁，浩然一往复何求
十年世事无工拙，一片刚肠总祸尤
麟凤途穷悲此际，燕莺声集值今秋
钱塘有浪胥门泪，谁取忠魂泣属镂

黄尊素（1584年—1626年），初名则灿，字真长，号白安，一作白庵，明晚期大臣，浙江余姚人，杰出思想家黄宗羲之父，万历四十四年（1616年）进士，与同为阉党所害的高攀龙、周起元、缪昌期、周顺昌、周宗建、李应升并称"后七君子"，与汪文言并为当时"东林党的两大智囊"。

尊素因弹劾魏忠贤，被俘入狱，天启六年（1626年）六月，自尽，殉义辞世。这首诗作于狱中。

159. 绝命词四首（甲寅病中自志）-1628

〔明〕董斯张

其一

十年浪迹五湖涯，历落蓬门白帢斜
巴蜀杜鹃新帝鸟，洛阳魏紫旧妃花
无情出岫云成我，到处飘萍雪是家
客梦萧然关塞远，西园掷否绿沉瓜

其二

寒风觱栗怒天吴，侠客精魂未便枯
旱母也知东海孝，巨灵翻惜北山愚
钱塘石上三生句，仙掌台中六甲符
前度刘郎贫似我，无劳野鬼共椰揄

其三

风雨龙门一敝庐，山心寂寂草玄余
谁人狐假连山易，有客萤争汲冢书
结夏僧招俱惠远，悲秋赋早似相如
鸳鸯瓦上霜侵骨，独夜空楼气不除

其四

纸上昙花偶自拈，烟青石叶夜炉添
谷神语合犹成绮，黢到名留未是廉
好客从来龙作画，献公何意虎为盐
可怜眉目皆齐楚，徙倚风前想蜀严

董斯张（1586年—1628年），原名嗣章，字然明，号遐周、借庵，明晚期诗人，今浙江湖州人，父董道醇为进士。

斯张十六岁得肺病，体弱多病，自称"瘦居士"。他一生耽溺书海，好著述，手抄书达百部，后闭门谢客，履不出户，崇祯元年（1628年）因病辞世。这首诗作于临终前。

160. 临刑口占-1630

〔明〕袁崇焕

一生事业总成空

半世功名在梦中

　　死后不愁无勇将

　　忠魂依旧守辽东

　　袁崇焕（1584年—1630年），字元素，号自如，广东东莞人，一说广西藤县，明末抗清名将，万历四十七年（1619年）进士，历职福建邵武知县、兵部尚书兼右都御史等，抗清中取得宁远大捷、宁锦大捷等，但因不得朝廷欢心而辞官回乡。

　　崇焕被明思宗朱由检重用，于崇祯二年（1629年）击退皇太极，解京师之围。但魏忠贤余党以"擅杀岛帅（毛文龙）""与清廷议和""市米资敌"等罪名弹劾他，皇太极又趁机实施反间计。

　　崇祯三年（1630年9月22日），崇焕被朝廷认为与清有密约而遭凌迟遇害，家人被流迁三千里，家产被抄，实际家无余财。这首诗作于临刑前。

161. 绝命诗-1644

〔明〕张允修

　　八十空嗟发已皤，岂知衰骨碎干戈

　　纯忠事业承先远，捧日肝肠启后多

　　今夕敢言能报国，他年漫惜未抡科

　　愿将心化铮铮铁，万死丛中气不磨

　　张允修（1567年—1644年），字嗣弼，号建初，明末官员，今湖北荆州人，生于顺天府（今北京），内阁首辅张居正第五子。

　　崇祯十七年（1644年）正月，张献忠攻破荆州，允修绝食，殉国辞世。这首诗作于临终前。

162. 绝命诗词-1644

〔明〕魏学濂

　　忠孝千古事，于我只家风。一死轻鸿毛，临难须从容

　　有血丽微躯，官卑非侍中。有舌且存之，并逊常山公

　　因约同志友，延颈受霜锋。不能强空拳，与彼争雌雄

　　不能奉龙种，再造成奇功。死且有余罪，何敢言丹衷

　　所恸母垂白，七十仍尸饔。未葬凡五丧，留与子侄封

人生谁百年，寿妖死所同。我比兄与弟，我年为独丰
高堂无复悲，譬不生阿侬。辞母却就父，生死独西东
骸骨虽不归，即瘗此诗筒。墓木有拱时，清韵入楸松

魏学濂（1608年—1644年），字子一，号内斋、容斋，明末官员，浙江嘉善人，工吏科都给事中魏大中次子，崇祯十六年（1643年）进士，擅画山水花鸟。

崇祯十七年（1644年），明亡后，学濂先降李自成，后羞愧自缢，殉忠辞世。这首诗作于自缢前。

163. 绝命词-1644

〔明〕丘瑜

百岁春光强半过
匡时力短愧鸣珂
诗书万卷都无用
惟有先贤正气歌

丘瑜（？—1644年），字德如，号鞠怀，明末大臣，今湖北襄阳人，天启五年（1625年）进士，历职翰林院检讨、詹事府少詹事、礼部左侍郎、东阁大学士等。

崇祯十七年（1644年），李自成攻破北京，瑜多次受拷掠，被搜二千金，遇害辞世。

164. 绝命诗-1644

〔明〕杜氏

不忍将身配满奴
亲携酒饭祭亡夫
今朝武定桥头死
留得清风故国都

杜氏（生卒年不详），明末烈女。据载："明亡后清兵入燕京，有杜氏妇，夫早死，色美丽，性淑静，不苟言笑，为一兵所见，掳之去，欲污之。妇曰：待我祭亡夫后乃从尔。兵信之，妇携酒饭至武定桥哭奠，赋诗云云。遂跃入河中而死。"

165. 题桥柱诗-1645

〔明〕明末某乞丐

三百年来养士朝
如何文武尽皆逃
纲常留在卑田院
乞丐羞存命一条

明末某乞丐（？—1645年），姓名生平不详。

崇祯十七年（1644年），崇祯帝在景山自尽。不久，明山海关守将吴三桂引清军入关，四月攻破北京。福王朱由崧在南京被拥为帝，即弘光帝。

弘光元年（1645年），清军攻破南京，弘光帝逃至芜湖被俘，后掳北京遇害。这位乞丐在一座桥柱上题诗后投水自溺，殉忠辞世。

166. 绝命词-1645

〔明〕张锡眉

我生不辰，侨居兹里
路远宗亲，邈隔同气
与城俱亡，死亦为义
举家殉之，惜非其地
后之君子，不我遐弃

张锡眉（？—1645年），明末抗清英雄，祖籍松江，迁上海嘉定，崇祯三年（1630年）举人。

弘光元年（1645年）闰六月十七日，清军围嘉定，锡眉率众守南门，坚持十余日，城破后于南门城楼上自缢，殉国辞世。这首诗作于临终前。

167. 绝命诗-1645

〔明〕刘宗周

留此旬日生，少存匡济意
决此一朝死，了我平生事
慷慨又从容，何难又何易

刘宗周（1578年—1645年），字起东，号念台，明末大臣，浙江绍兴人，讲学于山阴蕺山，人称"蕺山先生"，万历二十九年（1601年）进士，历职礼部主事、顺天府尹、工部侍郎、吏部侍郎等，因弹劾魏忠贤、与朝廷意见不合被革职。

清军攻破杭州，消息传到绍兴，时宗周正进餐。他即推开食物恸哭绝食。后清贝勒博洛以礼相聘，他"书不启封"，绝食二十三日，殉国辞世。这首诗作于临终前。

168. 绝命词-1645

〔明〕傅日炯

国耻未伸，母命如线
势不可为，发肤将献
畜固难存，剃亦羞见
赍志已濡，死不当殁

傅日炯（？—1645年），字中色，明末志士，浙江诸暨人，刘宗周弟子。

弘光元年（1645年）六月，清军攻破绍兴，日炯见家国无望，便与门人饮酒宴诀，作下绝命词。其母知他要殉国，便前去劝他少喝酒，以免别人误会他殉国是因酒醉。他遂罢饮，回家与母诀别，请母勿悲戚。母欢笑自若。他出门，回顾母亲，恋恋不舍，母曰："儿勿顾。"于是他奔往江边，投水自溺，殉国辞世。

169. 绝命诗-1645

〔明〕左懋第

峡坼巢封归路迥
片云南下意如何
丹忱碧血消难尽
荡作寒烟总不磨

左懋第（1601年—1645年），字仲及，号萝石，明末抗清大臣，山东莱阳人，历职陕西西知县、延安府同知、滦州知州、河南司郎中等，追赠兵部尚书、光禄大夫，人称"明末文天祥"。

弘光元年（1645年），懋第北行与清多尔衮议和，宁死不降，殉国辞世。临刑前，他向南跪拜，说："臣等事大明之心尽矣"，作下这首诗。

170. 燕子矶口占-1645

〔明〕史可法

来家不面母

咫尺犹千里

矶头洒清泪

滴滴沉江底

史可法（1602年—1645年），字宪之，号道邻、祥符人，明末抗清名将，祖籍顺天府大兴县（今北京），崇祯元年（1628年）进士，任西安府推官，后转平各地叛乱。

清军攻破北京城后，可法拥福王朱由崧为帝，历职督师、建极殿大学士、兵部尚书等。

弘光元年（1645年4月7日），可法抵达南京燕子矶，拟入朝面陈大计，并进城探母。但户部主事马士英不准，他登燕子矶南向八拜，心怀悲痛作下这首诗。

一个月后（1645年5月20日），清军攻破扬州城，可法拒降遇害，殉国辞世。时值夏天，尸体腐烂，其遗骸无法辨认，义子史德威与扬州民众遂建衣冠塚。

171. 绝命诗-1645

〔明〕江天一

乾坤颠覆激刚肠，拟馘天骄复故疆

日月胸中怀北阙，旌旗海上望南阳

书生力竭犹甘死，冠佩逢迎了未伤

矢共文山终令节，自应长笑别家乡

江天一（1602年—1645年），字文石，初名涵颖，字淳初，明末抗清将领，安徽歙县人，生员，家贫以教书为生，拜徽州休宁人金声为师。

弘光元年（1645年），清军攻破南京，天一助金声起兵抗清，以"杀虏者昌、降虏者亡"为口号，先后收复旌德、宁国、泾县、宣城等县城。

因御史黄澍降清并引清军断金声后路，金声败退绩溪，固守丛山关。金声虑及天一家有老母，劝其逃走。天一回家拜辞老母和祖庙，追上金声，后同被清军掳南京。降将洪承畴劝降，遭拒。10月8日，天一与金声于南京通济门外遇害，殉国辞世。这首诗作于临终前。

172. 遗言诗-1645

〔明〕祁彪佳

运会厄阳九，君迁国破碎。鼙鼓杂江涛，干戈遍海内
我生何不辰，聘书乃迫至。委贽为人臣，之死谊无二
光复或有时，图功审机势。图功为其难，殉节为其易
我为其易者，聊尽洁身志。难者留后贤，忠义应不异
余家世簪缨，臣节皆罔赘。幸不辱祖宗，岂为儿女计
含笑入九原，浩气留天地

祁彪佳（1603年—1645年），字虎子、幼文、宏吉，号世培、远山堂主人等，明末文学家、戏曲家，浙江绍兴人，天启二年（1622年）进士，历职福建兴化府推官、福建道御史、苏松巡按御史、右佥都御史巡抚苏松等，后辞官回杭州，隆武帝追赠少傅兼太子太傅兵部尚书，谥"忠敏"。

弘光元年（1645年）六月底，清廷欲招降彪佳，遭拒。是年闰六月六日（1645年7月28日），他投水自溺，殉国辞世。这首诗作于临终前。

173. 就义前题联-1645

〔明〕阎应元

八十日戴发效忠
表大明十七朝人物
十万众同心取义
留大明三百里江山

阎应元（1607年—1645年），字皕亨，明末抗清名将，今北京通州人，江阴抗清三公之一。

弘光元年（1645年），应元任江阴典史，率十万义民，面对二十四万清军重兵，两百余门重炮，困守孤城八十一天，清军折三王十八将，死七万五千人，史称"江阴八十一日"。城破之日，义民无一降者，仅存老幼五十三口。应元被俘后不向清贝勒下跪，被刺穿胫骨，"血涌沸而仆"，终遇害，殉国辞世。这首诗作于

临终前。

174. 绝命诗-1645

〔明〕方氏

女子生身薄命多
随夫飘荡欲如何
移舟到处惊兵火
死作吴江一段波

方氏（生卒年不详），明末烈女，礼部主事钱澄之（1612年—1693年）之妻。

方氏于逃亡途中殉节辞世，衣物中缝了这首诗。为死后被发现时保全名誉，她特意嘱咐其儿："一旦遇兵即赴水死，毋令人剥衣露体耳。"

175. 临终前血书-1646

〔明〕黄道周

纲常万古
节义千秋
天地知我
家人无忧

黄道周（1585年—1646年），字幼玄、幼平、幼元、螭若、螭平，号石斋等，明末抗清大臣、书画家、文学家，福建漳州人，祖籍福建莆田，天启二年（1622年）进士，历职翰林院修撰、詹事府少詹事、吏部尚书兼兵部尚书、武英殿大学士等，隆武帝追赠文明伯，谥"忠烈"。

隆武二年（1646年4月20日），道周抗清兵败，被俘遇害，殉国辞世。这首诗作于临终前。

176. 绝命词十首-1646

〔明〕陈函辉

其一
生为大明之人，死作大明之鬼
笑指白云深处，萧然一无所累

其二
子房始终为韩,木叔生死为鲁
赤松千古成名,黄蘖寸心独苦

其三
父母恩无可报,妻儿面不能亲
落日樵夫湖上,应怜故国孤臣

其四
臣年五十有七,回头万事已毕
徒惭赤手擎天,惟见白虹贯日

其五
去夏六月念七,今岁六月初八
但严心内春秋,莫问人间花甲

其六
斩尽一生情种,独留性地灵光
古衲共参文佛,麻衣泣拜高皇

其七
手著遗文千卷,尚存副在名山
正学焚书亦出,所有心史难删

其八
慧业降生文人,此去不留只字
惟将子孝臣忠,贻与世间同志

其九
敬发徐陵五愿,世作高僧法眷
魂游寰海名山,身到兜率内院

其十
今日为方正学,前身是寒山子
徒死尚多抱惭,请与同人证此

  陈函辉(1590年—1646年),原名炜,字木叔,号小寒山子、寒椒道人,明末官员,浙江临海人,崇祯七年(1634年)进士,补靖江县令,与徐霞客交好,徐曾为其作墓志铭。
  隆武二年(1646年),函辉抗清事败,自缢,殉国辞世。这首诗作于临终前。

177. 绝命词-1646

〔明〕傅冠

白发萧萧已数茎
孽冤何必苦相寻
拼将一副头颅骨
留取千秋不贰心

傅冠（1595年—1646年），字元甫，号寄庵，明末大臣，江西进贤人，天启二年（1622年）进士，历职翰林院编修、礼部尚书兼东阁大学士等，曾因误批奏章引罪回乡，因嗜酒误事被弹劾罢官。

顺治三年（1646年），因村人出卖，冠被俘，清军主帅李成栋劝降不屈，遂遇害，殉国辞世。这首诗作于临刑前。

178. 绝命诗三首-1646

〔明〕张国维

自述
艰难百战戴吾君，拒贼辞唐气厉云
时去仍为朱氏鬼，精灵当傍孝陵坟

念母
一暝纤尘不挂胸，惟哀老母暮途穷
仁人锡类能无虑，存殁衔恩结草同

训子
夙昔诗书暂鼓钲，而今绝口莫谈兵
苍苍若肯施存恤，乘未全身苟所生

张国维（1595年—1646年），字玉笥，明末抗清英雄，浙江东阳人，历职南明江南十府巡抚、兵部尚书等。

弘光元年（1645年），国维拥鲁王朱以海监国，总兵方国安叛降，他遂召二子问生死态度。长子世凤即表示决不偷生，次子世鹏应答稍缓，国维即以石砚掷击。世鹏泣对"从容尽节，慷慨捐躯，儿等甘之如饴，唯祖母年迈八旬"。午夜，国维穿戴衣冠，向母诀别，从容赋《绝命书》三章，又写"忠孝不能两全，身为大臣，谊在必死。汝二人或尽忠，或尽孝，各行其志，勿贻大母死，使吾抱恨泉下！"掷笔于地,付遗书于次子,后投园池自溺,殉国辞世。

179. 拟古-1646

〔明〕黎遂球

醉卧仰视天,天星亦胡然
卷舌能食人,一卷百祸连
壮夫气如漆,血热吞九边
大地吹黄沙,白骨为尘烟
鬼伯舐复厌,心苦肉不甜
生年不满百,见此良忧煎
不如且行乐,乐意谁能宣
陌上多游魂,纷来缠管弦

黎遂球(1602年—1646年),字美周,明末官员,今广东番禺人,天启七年(1627年)举人,崇祯年间选为经济名儒,因母年迈拒授,追赠兵部尚书,谥"忠愍"。

弘光元年(1645年)五月,清军攻破南京,唐王朱聿键于六月在福建称帝,即隆武帝。遂球任兵部职方司主事,提督两广水陆义师支援赣州南明军队。后因水师战败,遂球只能率步兵抵达赣州,与各路援军固守。

隆武二年(1646年)十月四日,清军攻破南门,遂球率数百义兵巷战,身中三箭遇害,殉国辞世,弟遂洪亦同殉国。这首诗作于临终前。

180. 题狱壁-1647

〔明〕闻大成

读书怀古道,服官素所期
论文惭太傅,舞剑学要离
忠孝千古事,生死旦夕之
不共戴天日,从容就义时

闻大成(?—1647年),字子尚,明末官员,湖北罗田人,曾任江西监纪推官。

顺治四年(1647年),大成避居衡阳西山,拒知县招,遂被俘,不屈遇害,殉节辞世。这首诗作于狱中。

181. 题壁诗-1647

〔明〕陈邦彦

恋阙孤怀尽，悬丝一命微
负伤如未觉，无泪不须挥
鱼吮艰贞血，水为赙襚衣
抵应魂魄在，长绕王阶飞

陈邦彦（1603年—1647年），字令斌，号岩野，明末抗清英雄，"岭南三忠"之首，广东顺德人，岭南三大家、诗人陈恭尹之父，早年设馆讲学，为南粤名师，与黎遂球、邝露并称"岭南前三家"。

明亡后，邦彦拟《中兴政要策论》万言书，并参加南明广东乡试，中举人，任兵部职方司主事，往赣州参与军事。

永历元年（1647年），邦彦与陈子壮起兵抗清，攻广州，兵败退清远，城破被俘，惨遭磔刑，殉国辞世。这首诗作于狱中。

182. 唐多令·寒食-1647

〔明〕陈子龙

时闻先朝陵寝，有不忍言者
碧草带芳林，寒塘涨水深
五更风雨断遥岑
雨下飞花花上泪，吹不去，两难禁
双缕绣盘金，平沙油壁侵
宫人斜外柳阴阴
回首西陵松柏路，肠断也，结同心

陈子龙（1608年—1647年），初名陈介，字人中、卧子、懋中，号轶符、海士、大樽等，明末抗清大臣、文学家、诗人，今上海松江人，工部侍郎陈所闻之子，与夏允彝、徐孚远、周立勋等结"几社"，为"几社六子"之一。崇祯十年（1637年）进士，历职惠州司理、绍兴府推官、兵科给事中等，清乾隆谥"忠裕"。

弘光元年（1645年），子龙与沈犹龙在松江起兵抗清，事败隐居。隆武年间

(1645年—1646年）加入义军，历职南明兵部左侍郎、左都御史、兵部尚书等。永历元年（1647年），为降将吴胜兆策反明守将黄斌卿，事败被俘，投水自溺，殉国辞世。这首词作于是年春三月。

183. 丁亥重阳悼阵亡将士-1647

〔明〕张家玉

回首天涯忆故乡，忽惊节候又重阳
断肠何处啼猿月，警梦当阶唳鹤霜
击楫几时清海浦，枕戈犹未扫欃枪
可怜多少英雄骨，空照黄花吐烈香

张家玉（1616年—1647年），字元子，号芷园，明末抗清名将，"岭南三忠"之一，今广东东莞人，永历帝追赠太子少保、东阁大学士、吏部尚书，后又加赠太保兼太子太保、武英殿大学士、增城侯，谥"文烈"。

永历元年（1647年）正月，清军入莞城，道滘首领叶如日迎家玉为主帅。家玉选骁勇五千，三月十四日攻破莞城，活捉清知县，任命原明官员为知县。三月十七日，清广东提督李成栋攻莞城，家玉与之战于万江租和道滘，败走西乡。其祖母陈氏、母黎氏及妹石宝俱投水自溺，妻彭氏被俘不屈遇害，皆殉国辞世。

后家玉军不断补充，攻克新安、博罗、连平、长宁、归善、增城等地。十月，李成栋重兵攻家玉驻地增城，双方大战十天，家玉身中九箭，投塘自溺，殉国辞世。这首诗作于临终前不久。

184. 别云间-1647

〔明〕夏完淳

三年羁旅客，今日又南冠
无限山河泪，谁言天地宽
已知泉路近，欲别故乡难
毅魄归来日，灵旗空际看

夏完淳（1631年—1647年），乳名端哥，别名复，字存古，号小隐、灵首，明末少年抗清英雄、诗人，今上海松江人，祖籍浙江会稽，善辞赋。

永历元年（1647年10月16日），完淳于南京市西部遇害，殉国辞世，年十七，罪名是"通海寇为外援，结湖泖为内应，秘具条陈奏疏，列荐文武官衔"。这首诗作于被清军俘后。

185. 绝命词-1648

〔明〕华允诚

视死如归不可招，孤魂从此赴先朝
数茎白发应难没，一片丹心岂易消
世杰有灵依海岸，天祥无计挽江潮
山河漠漠长留恨，惟有群鸥伴寂寥

华允诚（1588年—1648年），字汝立，号凤超，明末官员、文学家，今江苏无锡人，天启二年（1622年）进士，崇祯时任兵部员外郎、福王时任吏部员外郎，十余日即辞归。

顺治五年（1648年），允诚因不肯剃发，遇害，殉忠辞世。这首诗作于临终前。

186. 绝命诗-1648

〔明〕吴炳

君亲未报生就死，徒死今番更辱生
不信天工真漠漠，任教人世笑真真
荒山谁与收枯骨，明月长留照短缨
五十年华弹指过，一朝梦醒便骑鲸

吴炳（1595年—1648年），字可先，号石渠、粲花主人，明末杰出戏曲家、抗清大臣，江苏宜兴宜城镇人，万历四十七年（1619年）进士，历职江西提学副使、工部都水司主事、福州知府、南明兵部右侍郎、礼部尚书兼东阁大学士等，清乾隆谥"忠节"。

永历二年（1648年），炳于衡州湘山寺被清军俘，他绝食七天，殉国辞世。这首诗作于临终前。

187. 大埠桥口占-1649

〔明〕何腾蛟

天乎人事苦难留，眉锁湘江水不流
炼石有心嗟一木，凌云无计慰三州
河山赤地风悲角，社稷怀人雨溢秋
尽瘁未能时已逝，年年鹃血染宗周

何腾蛟（1592年—1649年），字云从，明末抗清大臣，贵州黎平人。

弘光元年（1645年），腾蛟任湖广总督，与李自成旧部农民军合作，共同抗清。

顺治四年（1647年），清军攻破湖南，腾蛟退至广西，守全州，击退清军。次年反攻，收复湖南大部，后在湘潭兵败被俘，于长沙遇害，殉国辞世。这首诗作于临终前不久。

188. 自题小像-1649

〔明〕堵胤锡

有明堵子，生而精敏
遭家不造，诚身事亲
遭时多难，诚身事君
四十九年，孤儿逋臣
而今而后，浩然苍旻

堵胤锡（1601年—1649年），原名灵授，又名允锡、锡君，字仲缄、牧子，号牧游等，明末抗清大臣，今宜兴圯亭镇人。

清军入关后，胤锡任南明兵部尚书，封光化伯。在湖南、江西、贵州、广东、广西等地抗清，遭瞿式耜、李元胤的猜忌。胤锡等人主张联合大顺军和大西军，何腾蛟、瞿式耜则排斥农民军。瞿式耜同党丁时魁、金堡等上疏弹劾他在湖南"丧师失地之罪"。

永历三年（1649年）十一月，胤锡与忠贞营刘国昌出兵，是月二十六日，至浔州（今广西桂平），二十七日吐血病卒，殉国辞世，时三军恸哭，如丧父母。胤锡临终前还不忘国事，上疏永历帝，并作下这首诗。

明 代

189. 十七日临难赋绝命词-1650

〔明〕瞿式耜

从容待死与城亡
千古忠臣自主张
三百年来恩泽久
头丝犹带满天香

瞿式耜（1590年—1650年），字起田，号稼轩、耘野、伯略等，明末抗清大臣，今江苏常熟人，历职文渊阁大学士兼吏、兵二部尚书等。

永历四年（1650年），清军自全州南下，桂林大乱，城中无一兵。式耜不逃，与总督张同敞拒降被俘，于狱中唱和赋诗，又作临难表疏，后俱于桂林叠彩山遇害，殉国辞世。

190. 就杀吟-1650

〔明〕张同敞

一月悲歌待此时，成仁取义有天知
衣冠不改生前制，名姓空留死后诗
破碎山河休葬骨，颠连君父未舒眉
魂兮懒指归乡路，直往诸陵拜旧碑

张同敞（？—1650年），字别山，明末抗清大臣，湖北江陵人，名相张居正之曾孙，历职南明兵部侍郎、总督广西各路兵马兼督抗清军任务，又因"诗文千言，援笔立就"永历帝授予翰林院侍读学士。

同敞曾拜瞿式耜为师，与瞿式耜、王夫之、金堡一同在湖广地区抗清，后守桂林，任桂林总督。顺治七年（1650年），同敞与式耜在桂林被孔有德俘，二人不屈遇害，殉国辞世。见前。

191. 绝命诗-1651

〔明〕苏兆人

保发严夷夏
扶明一死生

孤忠惟自许

义重此身轻

苏兆人（？—1651年），字寅堂，明末志士，苏州府吴江人，诸生，拜张肯堂为师，谥"节愍"。

顺治八年（1651年），江阴黄毓祺起兵抗清遇害，他的狱中诗，张肯堂、苏兆人都有和诗。舟山城破后，兆人作下这首诗，拜肯堂说："兆人行矣！"即在雪交亭下自缢，殉国辞世。肯堂哭拜，以酒酹之，后自缢。

注：《小腆纪年》云：毓祺字介兹，贡生，乙酉闰六月起兵行塘，己丑三月被执，至江宁，不屈死。有《小游仙》诗四章，自注七夕作。又云。兆人和诗有"不改衣冠可为士，误移头面即成魔"成句。

192. 绝命诗-1651

〔明〕张肯堂

虚名廿载谋尘寰，晚节空余学圃闲

难赋归来如靖节，聊歌正气续文山

君恩未报徒长恨，臣道无亏在克艰

寄语千秋青史笔，衣冠二字莫轻删

张肯堂（？—1651年），字载宁，号鲲渊、鲵渊，明末抗清大臣，今上海松江人，天启五年（1625年）进士，历职河南浚县知县、御史、大理寺丞、都察院右佥都御史、巡抚福建等，清乾隆谥"忠穆"。

顺治八年（1651年），清军攻破舟山，肯堂自缢，殉国辞世。见前。

193. 绝命诗-1651

〔明〕王翊

谈笑且从容

今朝得死所

一腔忠愤血

飞洒若红雨

王翊（1616年—1651年），字完勋，号笃庵，明末抗清大臣，今浙江宁波人。

顺治二年（1645年），翊在家乡抗清，因有胆识，被授南明兵部职方主事、右金都御史、兵部右侍郎等。

顺治八年（1651年），翊被清军俘，不屈遇害，殉国辞世。这首诗作于临终前。

194. 绝命诗-1651

〔明〕吴钟峦

只因同志催程急

故遣临行火浣衣

吴钟峦（1577年—1651年），字峦稚，又字峻伯，号霞舟，明末官员、抗清英雄，常州府武进人，崇祯七年（1634年）进士，历职长兴知县、桂林府推官，南明礼部主事、通政使、礼部尚书等。

钟峦往来普陀山，组织抗清。永历五年（1651年），清军攻破宁波，钟峦谓人曰："吾以远臣不得从死。今其时矣！"乃急渡海，于舟山孔庙自焚，殉国辞世。这两句诗作于自焚前。

195. 绝命诗十首-1654

〔明〕杜小英

其一

去乡漂泊已经春，今日含羞到汉城

忽听将军搜索命，教人何敢惜余生

其二

征帆闻说到双姑，血枕啼魂怯夜乌

早入江波葬鱼腹，不留冰骨辱为俘

其三

骨肉亲辞弟与兄。依人千里梦长惊

归魂欲返家园路。报到双亲已不生

其四

厌听胡儿带笑歌，几回肠断岭猿多

青鸾有意随王母，空教人间设网罗

其五

遮身犹是旧罗衣。梦到潇湘何日归
远涉风涛谁作伴。深深遥祝两灵妃
其六
生小伶仃画阁时，读书曾拜母兄师
涛声夜夜悲何极，犹记挑灯读楚辞
其七
当年画阁惜如珍，野犴而今已逐人
寄语爷娘休眷恋，入江犹是女儿身
其八
平生经历不堪题，此际浮沉理总齐
河伯有心怜薄命，将身流向洞庭西
其九
顾影江干只独悲，永辞鸾镜委蛾眉
朱门空许谐秦晋，死去相逢总不知
其十
图史当年强解亲，杀身自古欲成仁
簪缨虽愧奇男子，犹胜王朝共事臣

杜小英（1639年—1654年），明末烈女，字湘娥，湘西辰沅人，博士元杜偕之女，从舅父学诗词歌赋。

顺治十一年（1654年）秋，小英为清军掳，献曹姓将军。她不甘受辱，行至鹦鹉洲，伺机投江，殉节辞世。

有说小英的尸体逆流而西，漂流到宝庆（邵阳）时，被时宝庆府台发现，并在其遗体中发现绝命诗十首，遂收载《宝庆府志·烈女传》。明末计六奇《明季南略》论其诗"则非闺秀口角，俨如文山（文天祥）争烈矣！"

196. 城墙题诗-1654

〔明〕佚名女子

雪岭白骨满疆场
万死孤忠未肯降
寄语行人休掩鼻
活人不及死人香

佚名女子。徐鼒《小腆纪传·阎应元传》记载，顺治二年（1645年4月），清军攻江南，江阴县十万义民坚守城池八十一日后城破，清军屠城，尸满街巷池井。一女子在城墙题了这首诗。

197. 临刑诗-1655

〔明〕吴贞毓

九世承恩愧未酬，忧时惆怅定良谋
躬逢多难惟依汉，梦绕高堂亦报刘
忠孝两空嗟百折，匡扶有愿赖同俦
击奸未遂身先死，一片丹心不肯休

吴贞毓（1618年—1655年），字元声、长声，明末抗清官员，江苏宜兴人。

永历九年（1655年）三月，贞毓等十八人，为南明降将孙可望所杀，即"十八先生之狱"。这首诗作于临终前。

198. 题壁十首（录四）-1659

〔明〕刘氏

其一
马革何人能裹尸，四维不振笑男儿
幸存硕果传幽阁，驿使无由到雅黎

其二
木偶同朝只素餐，人情说到死真难
母牵幼女齐含笑，梅骨棱棱傲雪寒

其三
土兵却去又官兵，日望征人不欲生
疋练有缘红粉尽，堤边一撮是佳城

其四
木嫁缘知冠盖凋，夕阳古道冷萧萧
节穷似听征魂泣，柳絮因风不待招

刘氏（？—1659年），明参将萧某之妻，四川富顺人。据《国朝闺秀正始集》记录："氏流寓滇南，夫官雅黎。顺治十六年己亥，明桂王朱由榔走缅甸，滇南兵乱，氏以七岁子付家奴，遣之萧任，自取壁间'驿梅惊别意，堤柳暗离愁'十字，仿离合体题十绝句，欲自缢，闻兵至，急携幼女赴井死。"

199. 绝命诗-1661

〔明〕金圣叹

天公丧母地丁忧
万里河山尽白头
明日太阳来吊孝
家家屋檐泪珠流

金圣叹（1608年—1661年），名采，字若采，一说原姓张，明亡后改名人瑞，字圣叹，号泐庵法师，明末清初杰出文学家，苏州吴县人。

顺治十八年（1661年），吴县新任县令任维初为追收欠税，鞭打百姓，亏空漕粮，激起苏州士人愤怒。圣叹与一百多人聚集孔庙，悼念顺治帝驾崩，发泄积愤，给江苏巡抚朱国治上呈状纸，控诉任，要求罢免其职。朱庇护任，下令逮捕十一人，上报说诸生倡乱抗税。朝廷有意威慑江南士族，再逮捕圣叹等七士人，在江宁会审，严刑拷问，后以叛逆罪斩首。

顺治十八年（1661年8月7日），圣叹遇害辞世，这首诗是他临刑前的口占。

200. 绝命诗二首-1662

〔明〕郭之奇

其一

十载艰虞为主恩，居夸避世两堪论
一声平地氛尘满，几叠幽山雾雨翻
晓涧哀泉添热血，暮烟衰草送归魂
到头苦节今方尽，莫向西风洒泪痕

其二

成仁取义忆前贤，异代同心着几鞭
血比苌弘新化碧，魂归望帝久为鹃
曾无尺寸酬高厚，唯有孤丹昭简编
万卷诗书随一炬，千秋霜管俟他年

郭之奇（1607年—1662年），字仲常，号菽子、正夫、玉溪等，明末抗清大臣，广东揭阳县人，历职南明文渊阁大学士、太子太保兼吏部尚书、兵部尚书等，曾率军转战闽粤滇黔抗清，清乾隆谥"忠节"。

顺治十八年（1661年），之奇被交趾韦永福俘，押解清廷，次年遇害，殉国辞世。这首诗作于临终前。

201. 临刑前口占-1664

〔明〕张煌言

我年适五九

乃逢九月七

大厦已不支

成仁万事毕

张煌言（1620年—1664年），字玄著，号苍水，明末抗清大臣，今浙江宁波人，崇祯时举人，官至南明兵部尚书，谥"忠烈"。

弘光元年（1645年），清军攻破南京，煌言与钱肃乐等起兵抗清。后奉监国鲁王朱以海命，煌言联络十三家农民军，并与郑成功、李长祥配合，连下安徽二十余城，坚持抗清二十年。

康熙三年（1664年），随着永历帝、监国鲁王、郑成功等相继辞世，煌言见大势已去，于南田的悬嵚岛（今浙江象山南）解散义军，隐居，是年被俘，10月25日在杭州遇害，殉国辞世。这首诗作于临终前。

202. 绝命诗-1672

〔明〕吴伟业

忍死偷生廿载余

而今罪孽怎消除

受恩欠债须补报

纵比鸿毛也不如

吴伟业（1609年—1672年），字骏公，号梅村、鹿樵生、灌隐主人、大云道人等，明末清初官员，江苏太仓人，崇祯四年（1631年）进士，历职明翰林院编修、左庶子等，仕清任秘书院侍讲、国子监祭酒等。

顺治十三年（1656年），伟业以母丧辞官。康熙十一年（1672年1月23日），伟业因病辞世，葬苏州玄墓山北。这首诗作于临终前。

203. 癸丑元日-1673

〔明〕归庄

常年元日五更兴，多病衰翁兹未能
名姓不劳通邑里，豆觞并免召亲朋
山头爆竹豪家事，天上风云稔岁征
甲子重逢怀感叹，平生壮志竟何凭

归庄（1613年—1673年），一名祚明，字尔礼、玄恭，号恒轩、归藏、归来乎、悬弓等，明末清初书画家、文学家、抗清英雄，江苏昆山人，文学家归有光之曾孙，书画篆刻家归昌世之季子，诸生，与顾炎武相交，人称"归奇顾怪"。

顺治二年（1645年），庄在昆山起兵抗清，康熙十二年（1673年）事败亡命，是年仲秋因病辞世。这首诗作于是年正月初一。

204. 自挽-1678

〔明〕张尔岐

六十年来老书生
与人无竞物无争
心期一点终难了
不做天边处士星

张尔岐（1612年—1678年），字稷若，号蒿庵，明末清初经学家，山东济阳人，诸生。

入清，尔岐不求闻达，所居败屋不修，常召集弟四人，在母亲面前讲说三代古文，甚是愉快。其妻朱婉婉执妇道，劝尔岐勿出，在家乡教书。

康熙十七年（1678年），尔岐因病辞世。这首诗作于临终前。

205. 酬李子德二十四韵-1682

〔明〕顾炎武

戴雪来青鸟，开云见素书。故人心不忘，旅叟计何如
上国尝环辙，浮家未卜居。康成嗟耄矣，尼父念归欤
忽枉佳篇赠，能令积思摅。柴门晴旭下，松径谷风舒
记昔方倾盖，相逢便执袪。自言安款段，何意辱干旟
适楚怀陈轸，游燕吊望诸。讵惊新宠大，肯与旧交疏
不磷诚师孔，知非已类蘧。老当为圃日，业是下帷初
达夜抽经笥，行春奉板舆。诛茅成土室，辟地得新畲
水跃穿冰鲤，山荣向日蔬。已衰耽学问，将隐悔名誉
客舍轻弹铗，王门薄曳裾。一身长瓠落，四海竟沦胥
契阔头双白，蹉跎岁又除。空山清浍曲，乔木绛郊余
不出风威灭，无营日景徐。但看尧典续，莫畏禹阴虚
地阔分津版，天长接草庐。一从听七发，欲起命巾车

顾炎武（1613年—1682年），初名绛，字宁人，明亡后改名炎武，明末清初杰出思想家，江苏昆山亭林镇人，人称"亭林先生"。

康熙二十一年（1682年）正月初九，炎武因病辞世。这首诗作于临终前几天。

206. 遗诗-不详

〔明〕杨玉英

昆山一片玉
既受与汴和
和足苦被刖
玉坚不可磨

杨玉英（生卒年不详），明代烈女，今福建建宁人。

玉英十八岁时被许配给官时中，不久官因事入狱，她父母背弃婚约，要她另嫁。她不肯，作了这首诗，即自缢，殉节辞世。

207. 悼亡诗-不详

〔明〕薄少君

北叩幽恨结寒云
千载同悲岂独君
焉得长江俱化酒
将来浇尽古今坟

薄少君（生卒年不详），字西真，明代烈女，今江苏长州人，太仓秀才沈承之妻。

沈承文武双全，为人真挚，不幸早亡。少君作悼亡诗百首，诗成，绝食，殉夫辞世。

208. 满庭芳-不详

〔明〕王琼奴

彩凤群分，文鸳侣散，红云路隔天台
旧时院落，画栋积尘埃
谩有玉京离燕，向东风倾诉悲哀
主人去，卷帘恩重，空屋亦归来
泾阳憔悴女，不逢柳毅，书信难裁
叹金钗脱股，宝镜离台
万里辽阳去也，甚日重回
丁香树，含花到死，肯傍别人开

王琼奴（生卒年不详），明代烈女，善歌辞音律，嫁同乡徐若郎。

徐若郎被情敌刘汉老诬陷，发配辽阳，琼奴被遣戍岭南，卖酒度日。吴指挥乘人之危，欲娶她为妾。她宁死不从，作这首词，当晚自缢，被救。

五年后，徐若郎因公到岭南，与琼奴相会。吴指挥以逃军罪名，将若郎杀害。琼奴代若郎伸冤后，于墓旁水池自溺，殉夫辞世。

209. 绝命诗-不详

〔明〕王娇鸾

倚门默默恩重重，自叹双双一笑中
情惹游丝牵嫩绿，恨随流水逐残红
当时只道春回准，今日方知色是空
回首凭栏情切处，闲愁万里怨东风

王娇鸾（生卒年不详），明代烈女，貌美通文，生活于天顺年间（1457年—1464年），临安尉王忠之女。

娇鸾身为武将之女，却颇通文事，助其父打理文书，迟迟未嫁，后随父贬迁，安定后与邻居周廷章订婚。不料周喜新厌旧，悔了婚约，她得知后，写下绝情诗，殉情辞世。

此事传至都察院樊公祉，樊怜惜娇鸾才情，依照二人之约，下令乱棒打死周。

210. 绝命歌-不详

〔明〕许德博

念我高皇兮，祚启灵长；列祖缵绪兮，文德辉煌
国步多艰兮，寇贼跳梁；龙驭升遐兮，丑类猖狂
率土皆臣兮，使我痛伤！矢志金石兮，镂骨靡忘
此怀未展兮，罹此祸殃；囹圄空阔兮，枷锁馨香
我节已明兮，视死如常；含笑九泉兮，得见先皇
大明恢复兮，再睹冠裳；我虽幽冥兮，魂魄翱翔

许德博（生卒年不详），字元溥，明代志士，江苏如皋人，父亲为师塾老师，少时随父学习，耿直忠孝。

清军攻破北京城后，德博几日号哭不食。第二年，扬州城破，又数日哭，不肯剃发。经父亲劝后，他焚香拜先帝及祖祠，剪发为头陀，刺字两臂："生为明臣，死为明鬼"，刺胸前："不愧本朝。"盛暑时节，不解衣带，妻亦不知。后被出卖，不屈，刑前言笑如常，只担心父母失养。旁观者争识其面，他说："无庸识我面，但当知我心！使人人尽如我心，夷狄安得入中国乎？"刑者令其跪下，他大骂，向西北站立，说："今日得见先皇，大快矣！"终不跪，后被推扑遇害，殉忠辞世。

211. 惜时致命篇-不详

〔明〕王毓耆

群奸误国，庙社沦胥。愤怀世变，恨不手斩贼臣之头；恸惜时艰，且思生食叛人之肉！养兵十载，大帅惟识潜逃；积粟千仓，墨吏半肥私橐。势如崩土，力不背城。遂使胡马渡江，难应佛狸之谶；长驱至浙，先图金亮之屏。六驭痛东昏之惨，谁式怒蛙于北地？

诸司鲜南仲之威，误祝小蠢为西音。吾越夙称水国，则在彼之长技立穷；江东先举义声，将已散之良心可鼓。奈何甘为臣仆，志在衔舆！冠裳世禄之家，营窟以俟伪朝；郡邑莅事之长，牧圉以修降表。迫呼犒迎之费，尽属青衿；供奉大清之牌，遍传黔首。文非饰过，则曰'暂诎必伸，当效会稽之辱'；忍耻苟全，又云'长往不返，驾言东海之逃'。

腼然人面，真鼋鼍鱼鳖之与俱；实是兽心，曾魑魅魍魉之不若！寝处晨昏，岂堪自对；岁时伏腊，何以为颜！不思祖父代传，荷本朝二百年之覆载，忍与犬豕同群；矧此湖山半壁，系大明数千里之神州，可使腥膻杂处？

出师未捷之句，非竖儒所敢吟；天道好还之言，乃孤臣之深望。宗祊未斩，虏运必衰。春陵再造，假赤伏之符；殷武中兴，续白金之气。尔其目前苟可偷安，吾谓异日必贻后悔！号呼莫闻，痛哭无路；用殉蛟腹，愧彼鼠心！古称五死，惟以捐躯赴义之可乐；寿止百年，保无疾病水火之杀人。无难奋博浪之椎，未免贻祸里门；即不溅侍中之血，亦期留名身后。惟兹清波碧水之中，正是明伦授命之地。鬼如不厉，为访三闾之踪；魂果有灵，当逐伍胥之怒。其能雪耻自任，愿激发于先皇；倘或同志不孤，敬相招于冥土！聊赓一绝，以诀生平。

王毓耆（生卒年不详），字玄趾，明末诸生，浙江绍兴人，能文章，尚气节。南都城破后，致书乡人刘先生，云"愿先生早自引决，毋为王炎午所祭！"书发，即投柳桥河下死，且留遗言要求把尸体抬给刘先生看。家人找到其尸，见端坐水中。

212. 题案诗-不详

〔明〕赵天生

书生不律难驱敌
何处秦庭可借兵
只有东津桥下水

明 代

　　　　　西流直接汨罗清

　　赵天生（生卒年不详），明末太学生。明亡，其题诗案头，投江自尽，被救起，继而绝食，殉忠辞世。

213. 绝命诗-不详

　　　　　〔明〕李氏

　　　　　恨绝当时步不前
　　　　　追随夫婿越江边
　　　　　双双共入桃花水
　　　　　化作鸳鸯亦是仙

　　李氏（生卒年不详），明末烈女，广东人。初为贼兵掳，李氏没有立即随夫溺水，直至再度遇兵时才殉节辞世。这首诗作于临终前。

214. 绝命诗-不详

　　　　　〔明〕徐亮

　　　　　一生岁月三春梦
　　　　　十载辛勤宿草坟
　　　　　七十八龄孺慕毕
　　　　　而今原下见慈云

　　徐亮（生卒年不详），平生事母至孝，临终只想能在九泉之下见到母亲。这首诗作于临终前。

215. 口授绝命诗-不详

　　　　　〔明〕陈氏

　　　　　今日儿生离
　　　　　明朝娘死别
　　　　　儿长娘不知
　　　　　娘面儿安识

陈氏（生卒年不详），徐万选妻。

据《上虞县志》记载，陈氏二十岁嫁徐，徐苦读成疾先逝，她即上吊被家人救，自此绝食。父母接她回家，她已奄奄一息。一天，她让人把儿子送婆婆，口授这首诗，闭眼，殉节辞世。

216. 慰母-明末

〔明〕刘希班

大义千年重

浮生一粒轻

留儿贞节在

儿死胜儿生

刘希班（生卒年不详），明末烈女，山西长治人，诸生希颜、希曾之妹，李续庚聘室。

这首诗是希班辞世前安慰母亲写的，年十五。

清 代

217. 绝命诗-1654

〔清〕方月容

生憎骨肉虎狼横，拼却良缘断此生
若使苍天还有耳，难闻午夜杜鹃声
樊笼摧翩一鸾单，雏凤分飞顾影寒
心逐玉冰君不见，何年回首月中看

方月容（？—1654年），字素玉，明代烈女，安徽歙县人，谢天恩之妻。谢天恩祖父谢存仁曾职明兵部尚书。崇祯十七年（1644年），李自成攻破北京，谢存仁率子媳殉国。

谢天恩一人回乡，入赘方氏，娶月容。月容兄方继贵逼妹改嫁未果，便害天恩。月容为表决心，自剜左目。月容生儿后，怕兄加害，托付邻妇汪氏，换女婴抚养。顺治十一年（1654年）六月，方继贵杀女婴，月容悲痛欲绝，作诗四首（现存两首），绝食，殉义辞世。

218. 留别-1661

〔清〕汪是

女死复有女，儿死复有儿
泉下我所爱，膝下君所知
嫁女如未嫁，归宁常及时
儿年未一岁，少可奉君嬉

/ 113 /

愿君语新人，成立须提携
金钗与绣襦，是妾所留贻
铅华非我御，裙布遂我私
慎勿作无盐，浓妆委途泥
千秋倘同穴，薄葬岂不宜
君心已无余，安因长相思
但怜妾病苦，日夜向君啼

汪是（生卒年不详），女，字贞庵，生活于顺治年间（1638年—1661年），安徽歙县人，吴之騄侧室。据《历代妇女著作考》记载，是"好读书，解吟诗，然甚韬晦。将死前一日，以《梅影楼诗》《伏枕吟》属之騄订定，俯刊《桂留堂集》后，总名《余香草》"。

旧时，女性诗作常收为男性文集附录。这首诗作于病中，临终前几天。

219. 临终偈语-1667

〔清〕茚溪森

慈翁老，六十四年
倔强遭瘟，七颠八倒
开口便骂人，无事寻烦恼
今朝收拾去了，妙，妙
人人道你大清国里度天子
金銮殿里说禅道
呀，呀，总是一场好笑

茚溪森（1603年—1667年），字慈翁，号茚溪，俗姓黎，清初名僧，广东博罗县人，望族出身，十七岁削发，曾为报恩寺首座和大雄寺主持，后奉诏入京说法，常与顺治帝奏对，倍受宠信，追封"明道正觉禅师"。

溪森临终前写下此偈语。

220. 薄命词-1674

〔清〕邵梅宜

烟树关山几万重，残妆零落为谁容

如何的的亲生女，只爱金钱不爱侬
无端遴婿慕金珠，堪痛双亲一样愚
寄语故园诸姊妹，荆钗布裙好欢娱
挑灯含泪迭云笺，万里函封报可怜
为问生身亲父母，卖儿还剩几多钱
不须重赋白头吟，入骨忧煎死易寻
赢得芳魂归去好，一丘黄土百年心

邵梅宜（生卒年不详），清代烈女，字扶摇，一名飞飞，今福建福州人。

康熙十二年（1674年），朝廷派兵镇压靖南王耿精忠叛乱。有一姚姓总督的幕僚罗密，见梅宜色艺俱佳，便重金贿赂媒人，假说妻亡，要娶继室，并给她父母千金，因是成婚。实际上罗已有妻室，且是悍妇，把梅宜许给了奴才。梅宜愤恨作下这首诗寄父母，后忧忿辞世。

221. 绝命词-1676

〔清〕范承谟

一笑襟间万怒平
龙兴有寺葬真卿
执旗厉鬼争前导
扫尽穿墙空壁魌

范承谟（1624年—1676年），字觐公，号螺山，清初大臣，辽东沈阳人，汉军镶黄旗，大学士范文程次子，顺治九年（1652年）进士，历职翰林院、浙江巡抚、福建总督等，追赠兵部尚书、太子少保，谥"忠贞"。

三藩之乱中，承谟拒不附逆，被耿精忠囚，不屈，康熙十五年（1676年）遇害，殉忠辞世。这首诗作于临终前。

222. 绝命词-1680

〔清〕傅弘烈

自分一死无余策，身为厉鬼诛群贼
绝食依然浩气存，鼎镬刀锯求不得
天不假我以速终，天心人意莫可测

> 吁嗟徂矣命之衰，惴惴生平无薄德

傅弘烈（1623年—1680年），字仲谋，号竹君，汉族，清初大臣，江西进贤人，历职韶州同知、甘肃庆阳知府、太子太师、兵部尚书、广西巡抚等，屡次平定叛乱，谥"忠毅"，入祀贤良祠、昭忠祠。

康熙十九年（1680年），三藩之乱，弘烈被吴三桂党羽马承荫俘，押解湖南桂阳，绝食，殉忠辞世。这首诗作于临终前。

223. 绝命诗（十首选二）-1673-1681

〔清〕朱氏

其一
> 少小伶娉画阁时，诗书曾奉母为师
> 涛声向夜悲何急？犹记灯前读楚辞

其二
> 狂帆惨说过双孤，掩袖潸潸泪忽枯
> 葬入江鱼浮海去，不留羞冢在姑苏

朱氏（生卒年不详），清初烈女，生活于康熙年间（1662年—1722年），今湖南长沙人。

三藩之乱中，朱氏被兵卒掳，不甘受辱，在押解苏州途中投水自溺。这十首绝命诗是在她身上找到的。

224. 咏夜合花-1685

〔清〕纳兰性德

> 阶前双夜合，枝叶敷华荣
> 疏密共晴雨，卷舒因晦明
> 影随筠箔乱，香杂水沉生
> 对此能销忿，旋移迎小楹

纳兰性德（1655年—1685年），叶赫那拉氏，字容若，号楞伽山人，原名纳兰成德，因避讳太子保成而改名，满洲正黄旗人，清初杰出词人，少时文武兼修，十七岁入国子监，十八岁中举人，康熙十五年（1676年）殿试二甲第七名，赐进士出身，深受康熙帝赏识，授一等侍卫衔，多次随驾出巡。

康熙二十四年五月（1685年7月1日），因身患寒疾，"七日不汗"，纳兰性德溘然辞世。

这首诗作于临终前，渌水亭前的两株合欢树是当年他和亡妻卢氏亲手种下的。

225. 垂死寄夫-1693

〔清〕颜玉

妾年十五许嫁君，闻说君情若不闻
十七于归见君面，春风乍拂心常恋
为欢半载奈离何，千里江山渺绿波
未成锦字肠先断，零落胭脂泪更多
西江浙江隔一水，天上银河亦如此
银河犹有渡桥时，妾奈奄奄病将死
伤心未见宁馨育，仰负高堂怨莫赎
倘蒙垂念旧时情，有妹长成弦可续
君年喜得正英英，莫更蹉跎无所成
无成岂特违亲意，泉下亡人亦不平
要知世事皆前定，明珠一粒遥相赠
非求见物便思人，结缡来生于今定

颜玉（？—1693年），清初才女。结婚半年，丈夫远去西江（广东西部），她相思成疾，病危时，写这首诗寄丈夫。

据《国朝闺秀正始集》记载："嘉兴江浩然暮游江西，于市上得一银光笺楷书云……政可夫君。康熙癸酉（1693年）仲夏，垂死妾颜玉敛衽。"

226. 绝命诗-1699

〔清〕严我斯

误落人间七十年
今朝重反旧林泉
嵩山道侣来相访
笑指黄花白鹤前

严我斯（约1629年—1699年），字就斯，号存庵，清代第十一位状元，今浙江湖州人，喜诗书。这首诗作于临终前。

227. 殉情诗-1703

〔清〕曾如兰

镜里菱花落，三年泪未干
已终姑舅老，复咽雪霜寒
我自归家去，人休作烈看
西陵松柏下，夫妇共盘桓

曾如兰（？—1703年），清初烈女，福建长乐人，富贾林邦基之妻，十二年无育。婆母死，其夫悲伤而逝。丈夫临终对她说"我死了，你能不能跟我一起去？"她含泪答应，但丈夫仍睁眼不语，她指天发誓，丈夫才含笑而死。

其后，如兰几次欲自缢殉夫。公公多次劝阻无效，报县官。县官劝她代夫尽孝。三年后，公公去世，遂索笔赋诗，绝食吞金，殉夫辞世。

228. 临终诗二首留别诸同志（辛卯中秋后二日）-1711

〔清〕陈苌

其一

两曜无停机，委运固其理。修短良不齐，谁复能逃此
俗士恋其生，涕泣对妻子。达士轻其生，茑蚁均一视
二者皆弃天，有识所深鄙。君子则不然，奉之以终始
生有所以生，死有所以死。吾闻诸曾子，至死而后已

其二

我有同心人，道义相友师。频年丧逝多，存者复别离
即今将去客，欲别无由辞。丈夫会有志，岂为儿女私
所恨在世日，孤负箴与规。临风一长叹，愿为诸君期
百里半九十，一篑功莫亏。鉴戒不在远，请君视此诗

陈苌（？—1711年），字玉文，清初官员，江苏吴江人，康熙三十六年（1697年）进士，历职桐庐知县。这首诗作于临终前。

清 代

229. 除夕-1715

〔清〕蒲松龄

三百余辰又一周
团圆笑语绕炉头
朝来不解缘何事
对酒无欢只欲愁

蒲松龄（1640年—1715年），字留仙、剑臣，号柳泉居士、异史氏等，清初杰出文学家，今山东淄博人，著有《聊斋志异》，人称"聊斋先生"。

康熙五十四年（1715年2月25日），松龄终老辞世，在故居聊斋"倚窗危坐而卒"。这首诗作于临终前几天。

230. 临终诗-1722

〔清〕潘崇体

最苦衰年尚训蒙
病深含泪作冬烘
夜台渺渺魂归路
差胜人间叹路穷

潘崇体（生卒年不详），生活于康熙年间（1662年—1722年），教书先生，今江苏宜兴人，一生穷极潦倒，辞世前赋诗四首（此为其一）。

231. 临终绝句-1733

〔清〕李塨

情识劫年运足伤
北邙山下月生光
九京若遇贤师友
为识滔滔可易方

李塨（1659年—1733年），字刚主，号恕谷，清初哲学家，河北蠡县人。

雍正十年（1732年），塨七十四岁时，感生命将终，自作墓志，次年正月因病

/ 119 /

辞世。这首诗作于临终前。

232. 咏残荷-1790

〔清〕孔氏

丰姿昨夜尚堪夸
开落无端恨转加
早识今番摧太急
不如前日不开花

孔氏（？—1790年），清中期太仆孔静亭之女，王孔翔之妻，江苏句容县人。时丈夫外出，孔氏已有孕，相思的痛苦与妊娠的折磨交织，不久因忧伤难产辞世。这首诗作于临终前。

233. 病中与郭频伽秀才邓尉探梅-1790

〔清〕徐涛

今朝寻花将命乞，呼童荷锸随我行
死便埋我梅花下，君为立石题我名
后之游者考年岁，手摸其文笑且颠
咄哉此子本多病，不死牖下死花前

徐涛（1756年—1790年），号江庵，清中期诸生，江苏吴江人。
初春时，涛与好友探赏梅花，以玩笑口吻，嘱托后事，诗成不久，竟一病不起，因病辞世。

234. 绝命诗-1796

〔清〕永嘉诗丐

身世浑如水上鸥，又携竹杖过南州
饭囊傍晚盛残月，歌板临风唱晓秋
两脚踢翻尘世界，一肩挑尽古今愁
而今不食嗟来食，黄犬何须吠不休

永嘉诗丐（生卒年不详），一说名马体孝，山西凤台人，生活于乾隆年间

（1736年—1796年）。

嘉庆某年，时值深秋，天气寒冷，一名乞丐冻死路旁。这首诗及落款是在他遗体中发现的。这首诗格调不俗，为此通州州官为其设墓立碑，碑文为"永嘉诗丐之墓"。

235. 病剧作绝命词留别诸故人-1798

〔清〕袁枚

每逢秋到病经旬，今岁悲秋倍怆神
天教袁丝亡此日，人知宋玉是前身
千金良药何须购，一笑凌云便返真
倘见玉皇先跪奏，他生永不落红尘

袁枚（1716年—1798年），字子才，号简斋、仓山居士、随园主人、随园老人等，清中期杰出诗人、文学家和美食家，今浙江杭州人，祖籍浙江慈溪，乾隆四年（1739年）进士，历职翰林院庶吉士，溧水、江宁、江浦、沭阳县令等。

乾隆十四年（1749年），枚辞官后居南京小仓山随园，广收弟子，女弟子尤众。嘉庆二年（1798年1月3日），枚因病辞世。这首诗作于临终前。

236. 望捷诗-1799

〔清〕乾隆

三年师屡开，实数不应猜
邪教轻由误，官军剿复该
领兵数观望，残赤不胜哉
执讯迅获丑，都同逆首来

乾隆（1711年—1799年），清高宗弘历，清代第六位皇帝，入关后第四位皇帝，在位六十年。其晚年，云贵川一带发生了大规模来势凶猛的白莲教起义，给清廷造成很大威胁。清廷多次遣将征讨，然起义军越来越强大。号称十全武功的乾隆也束手无策，整日忧心忡忡。

嘉庆四年正月初二（1799年），乾隆生病，初三，他卧病在床但念念不忘镇压白莲教，感生命将终，对生前不能看到白莲教被镇压而不甘心，遂作了这首诗，当天因病辞世。

237. 绝命诗-1799 2

〔清〕和珅

五十年来梦幻真
今朝撒手谢红尘
他年水泛含龙日
认取香烟是后身

和珅（1750年—1799年），钮祜禄氏，本名善保，字致斋，号嘉乐堂、十笏园、绿野亭主人等，清中期大臣，今辽宁清原人，满洲正红旗。

嘉庆四年（1799年2月22日），乾隆死后十五天，嘉庆赐珅自尽，其黯然辞世。这首诗作于狱中。

238. 赴戍登程口占示家人-1850

〔清〕林则徐

力微任重久神疲，再竭衰庸定不支
苟利国家生死以，岂因祸福避趋之
谪居正是君恩厚，养拙刚于戍卒宜
戏与山妻谈故事，试吟断送老头皮

林则徐（1785年—1850年），字元抚、少穆、石麟，号俟村老人、俟村退叟、七十二峰退叟等，清中期大臣、民族英雄，福建侯官县人，嘉庆十六年（1811年）进士，历职翰林编修、钦差大臣，湖广、陕甘、云贵总督等，追赠太子太傅，谥"文忠"。

道光三十年（1850年11月22日），则徐在镇压拜上帝会途中，于潮州普宁因病辞世。这首诗作于临终前几日。

239. 临江仙（半首）-1852

〔清〕洪大全

一事无成人渐老，壮怀要问秋风
六韬三略总成空
哥哥行不得，泪洒杜鹃红

洪大全（1823年—1852年），原名焦亮，亦称焦大，清中期湖南天地会首领，今湖南郴州资兴人。

咸丰元年（1851年），太平军起义后，大全赴广西，投效钦差大臣李星沅不成，在镇安（今广西德保）自开"天地会"，称"天德王"，旋至永安（今蒙山）入太平军，东王杨秀清忌其才。

咸丰二年（1852年4月7日），太平军从永安突围至城东平冲途中，大全为清军俘，遂请降，被押解北京，在狱中写有诗词及《自述》，6月，被清廷凌迟遇害，黯然辞世。

240. 绝命诗-1853

〔清〕汤贻汾

死生轻一瞬，忠义重千秋
骨肉非甘弃，儿孙好自谋
故乡魂可到，绝笔泪难收
藁葬毋予恸，平生积罪尤

汤贻汾（1776年—1853年），字若仪，号雨生、琴隐道人、粥翁等，清中期官员、画家，江苏武进人，历职浙江乐清副将，晚年辞官侨居南京。

咸丰三年（1853年），太平军攻破南京，贻汾投水自溺，殉国辞世。这首诗作于临终前。

241. 绝命词-1854

〔清〕张继庚

拔不去眼中铁，呕不尽心头血
吁嗟穷途穷，空抱烈士烈
杀贼苦无权，骂贼犹有舌

张继庚（？—1854年），字炳垣、炳元，清军间谍，今江苏南京人。其父介福，道光六年（1826年）进士，湖南保靖县知县。

咸丰四年（1854年），太平军占领南京期间，继庚在城西古林寺，被童子兵抓获。杨秀清亲自审问，张自知难逃一死，有意编造诬指太平军中若干两广、两湖籍将士为同谋，致数十人被杀，等杨意识到中反间计，为时已晚。一个月后，张被处决，黯然辞世。这首诗作于临终前。

242. 绝命词-1861

〔清〕朱保哲

烽火连宵警，长城一旦倾
伤心惟有泪，取义誓全贞
性比坚金固，身如朽木轻
寸灵终不泯，杀贼待来生

朱保哲（？—1861年），字锦香，浙江杭州人，朱步涞之女，钱塘戴可恒之妻，善诗书画。戴可恒为大画家戴文节次子。

咸丰十年（1860年）二月，太平军攻破杭州，保哲奉母偕弟出避海昌。她次年秋返杭，城再破，随即口占这首诗，于戴文节赴义处投井自尽，殉节辞世。

243. 绝命词三首-1861

〔清〕张洵

其一
血战孤城力已穷，席前借箸竟无功
白云堆里吾将去，前辈风流有戴公

其二
往事追思泪泫然，妻孥三命赴清渊
而今收拾全家去，地下重教骨肉圆

其三
箧内犹存御赐衣，澄怀风景已全非
微臣虽死心犹在，化作杜鹃向北飞

张洵（？—1861年），字肖眉，清中期大臣，浙江钱塘人，咸丰二年（1852年）进士，历职庶吉士、编修、上书房行走、文渊阁校理等。

咸丰十一年（1861年），太平军攻破浙江馀杭、萧山。洵自永泰镇携家眷赴省城，与官绅商量守御。然太平军围城两月后城破，洵与族人劳氏、惇典、从典、念典，及其兄张濂妻李氏及女九姑先后殉难。城将破时，洵整衣冠北向叩头，作这三首诗，即投井自尽，殉忠辞世。

244. 绝命诗四首-1863

〔清〕赵景贤

其一

岂待孤城破，方嗟力莫支。从来亶守义，敢以死生辞
乱刃交挥处，危冠独坐时。相持不相杀，鼠辈尔何知

其二

裂眦呼狂寇，奚烦讲说多。断头身自分，抗手意云何
厚貌徒为尔，孤臣矢靡他。空劳樽酒献，骂坐更高歌

其三

猝为群盗困，遑敢学文山。且尽从容义，聊惊丑类顽
单辞明顺逆，正气慑神奸。反覆谁家子，相看祇厚颜

其四

是岂天良见，环观涕泗挥。但期能悔祸，岂必与生归
伏剑余何憾，投戈汝莫违。漫收吾骨葬，暴露益光辉

赵景贤（1822年—1863年），字竹生，清中期官员，浙江归安人，道光二十四年（1844年）举人，历职团练、福建督粮道、布政使衔、湖州道员等。

咸丰十年（1860年），太平军忠王李秀成重兵围湖州城，景贤组织乡勇抵抗，数度打退太平军。

同治元年（1862年）正月，清军破城，景贤被俘遇害，殉国辞世。湖州城内曾为其建祠堂。这首诗作于临终前。

245. 绝命诗-1864

〔清〕洪仁玕

英雄正气存，有如虹辉煌
思量今与昔，悠然挺胸膛
一言临别赠，流露壮思飞

我国祚虽斩，有日必复生

洪仁玕（1822年—1864年），字益谦，号吉甫，太平天国领袖之一，广东花县人，洪秀全族弟，咸丰元年（1851年）投太平军，中途折回，逃香港，后到天京，封干王，总理政事，主张革新政治，学习西方科学技术、经济。

同治三年（1864年），天京城破后，仁玕护幼天王逃江西，被俘遇害，殉忠辞世。这首诗作于临终前。

246. 无题-1864

〔清〕黄婉梨

自古成仁总杀身
吾心何必苦逡巡
拼将浩气还天地
长共贞灵在九垠

黄婉梨（生卒年不详），清代烈女，南京上元县人，因战事迁居南京，书香门第。

太平军占领南京，疯狂杀戮，婉梨家五口被杀。湘军申姓兵掳她上船。船上被抢女子为护清白多投江，婉梨也想，但听到姑娘们绝望哭泣，遂拟复仇。

后曾国藩下令裁三十万湘军，申氏被裁。他带着抢来财宝和婉梨回老家。为防婉梨自杀或逃，他叫人一同，婉梨假装愿嫁，忍辱负重。船进湘潭，一行人下船走陆路，申氏看管更严。后投宿客栈，婉梨主动收拾，陪喝酒，将毒药放酒中，拿刀刺向贼人，之后自尽。

这首诗作于临终前，婉梨年17岁。

247. 自慨-1865

〔清〕李世贤

一世雄心终不死
百年杀气未全消
仰天喷出腔中血
化作长虹亘碧霄

清 代

　　李世贤（1834年—1865年），太平天国后期名将，广西藤县人，忠王李秀成堂弟，封侍王。

　　同治元年（1862年2月9日），世贤攻占景宁县城，守十日后撤。5月13日，世贤会合温州金钱会义军再克县城，守三日。同治三年（1864年）溧阳城破，世贤转战江西。天京城破后，率部经广东入福建，在漳州一带斗争，斩清福建提督林文察等。

　　同治四年（1865年）春，左宗棠重兵围攻，世贤败退永定，往镇平（广东蕉岭）投部汪海洋。汪曾杀李部李元茂。是年8月23日，世贤被汪杀，遇害辞世。这首诗作于临终前。

248. 绝笔-1879

〔清〕吴可读

回头六十八年中，往事空谈爱与忠
抔土已成黄帝鼎，前星预祝紫微宫
相逢老辈寥寥甚，到处先生好好同
欲识孤臣恋恩所，惠陵风雨蓟门东

　　吴可读（1812年—1879年），字柳堂，号冶樵，清晚期官员，甘肃皋兰人，吏部主事。

　　光绪初年（1879年4月25日），可读以死劝谏慈禧太后为已故同治帝立嗣，自尽前留下此绝笔诗，殉忠辞世。

249. 绝笔-1886

〔清〕慕昌溎

雨中杜宇啼
溅尽一腔血
莫化断肠花
肝肠已断绝

　　慕昌溎（1858年—1886年），字寿荃，清晚期才女，山东蓬莱人，翰林院侍读荣干之女，南皮举人张元来聘室。

　　昌溎未嫁而夫亡，父劝改嫁，不从，作下这首诗，自缢，殉节辞世。

250. 报国誓词-1894

〔清〕邓世昌

我辈从军卫国，早已置生死于度外

今日即便战死，也足以扬军威、报家国

今日有死而已，然虽死而海军声威弗替，是即所以报国也

日舰队专靠吉野，能击沉吉野，则我军可胜

邓世昌（1849年—1894年），原名永昌，字正卿，清末北洋水师名将、民族英雄，广东番禺人，中国最早海军军官之一，北洋舰队"致远"号舰长，追赠太子少保，谥"壮节公"。

光绪二十年（1894年）中日甲午战争，世昌任致远号巡洋舰管带，9月17日在黄海海战中遇害。光绪帝挽联："此日漫挥天下泪，有公足壮海军威"。这首词作于出战前。

251. 浪淘沙-1898 9

〔清〕沈应鹊

报国志难酬，碧血谁收

箧中遗稿自千秋

肠断招魂魂不到，云暗江头

绣佛旧妆楼，我已君休

万千悔恨更何尤

拼得眼前无尽泪，共水长流

沈应鹊（？—1898年），字孟雅，"戊戌六君子"林旭之妻。

光绪二十四年（1898年）七月，林旭被光绪帝任命为军机章京，推行变法。八月初六，慈禧太后发动政变，拘光绪帝及变法人士，十三日（9月28日），杀林旭等六人。应鹊悲愤盈腔，写完这首词后自尽，殉夫辞世。

252. 狱中题壁-1898 9

〔清〕谭嗣同

望门投止思张俭

忍死须臾待杜根
我自横刀向天笑
去留肝胆两昆仑

谭嗣同（1865年—1898年），字复生，号壮飞，清末杰出思想家、维新人士，长沙府浏阳县人，生于顺天府（今北京），"戊戌六君子"之一。

光绪二十四年（1898年），嗣同参加变法。是年八月十三日（9月28日），在北京宣武门外菜市口刑场遇害，殉国辞世。这首诗作于狱中。

253. 狱中吟-1898 9

〔清〕杨深秀

久拼生死一毛轻，罪臣偏由积毁成
自晓龙逢非俊物，何尝虎会敢徒行
圣人岂有胸中气，下士空思身后名
缧绁到头真不怨，未知谁复请长缨

杨深秀（1849年—1898年），本名毓秀，字漪村、仪村，号昚昚子，清末维新人士，山西闻喜人，光绪十五年（1889年）进士，历职刑部主事、山东道监察御史等，"戊戌六君子"之一。

光绪二十四年（1898年3月），深秀与宋伯鲁等在北京成立关学会，又列名保国会。6月上疏弹劾礼部尚书总理各国事务衙门大臣许应骙阻挠新政。维新派湖南巡抚陈宝箴被诬陷时，亦上疏辩护。戊戌政变中，不避艰危，请慈禧太后撤帘归政，遇害，殉国辞世。这首诗作于狱中。

254. 临终诗-1901

〔清〕李鸿章

劳劳车马未离鞍，临事方知一死难
三百年来伤国步，八千里外吊民残
秋风宝剑孤臣泪，落日旌旗大将坛
海外尘氛犹未息，诸君莫作等闲看

李鸿章（1823年—1901年），本名章铜，字渐甫、子黻，号少荃、仪叟、省心等，清晚期大臣、军事家、外交家，安徽合肥人，赠太傅、晋一等肃毅侯，谥"文忠"，人称"李中堂""李二先生""李傅相"等。

光绪廿七年（1901年），鸿章和庆亲王奕劻在辛丑条约上签字。国人大骂："卖国者秦桧，误国者李鸿章！"而合约诸国列强，亦步步紧逼。他口吐紫血，郁忿因病辞世。这首诗作于临终前。

255. 甲辰五月二十日绝笔-1904

〔清〕翁同龢

六十年中事

凄凉到盖棺

不将两行泪

轻为汝曹弹

翁同龢（1830年—1904年），字叔平，号松禅、均斋、瓶笙、并眉居士、天放闲人等，清晚期大臣、书法家，江苏常熟人，体仁阁大学士翁心存之三子，咸丰六年（1856年）状元，历职户部、工部尚书、军机大臣兼总理各国事务衙门大臣等，同治、光绪两代帝师，谥"文恭"。

光绪三十年（1904年）五月二十日，同龢感生命将终，口述这首诗。

256. 落照-1905 1

〔清〕范肯堂

落照原能媲旭辉

车声人迹尽稀微

可怜步步为深黑

始信苍茫有不归

范肯堂（1854—1905），名当世，初名范铸，字肯堂、无错等，今江苏南通人，诸生，清末文学家、桐城派后期作家，南通市近代教育的主要倡导者和奠基人。

光绪三十年十二月初十（1905年1月15日），肯堂因肺疾吐血，逝于上海医院。

李叔同书信中提及"诵范肯堂《落照》绝命诗"。

257. 病中记梦述寄梁任父-1905 2

〔清〕黄遵宪

呜呼专制国，今既四千岁
岂谓及余身，竟能见国会
以此名我名，苍苍果何意
人言廿世纪，无复容帝制
举世趋大同，度势有必至
怀刺久磨灭，惜哉吾老矣
日去不可追，河清究难俟
倘见德化成，愿缓须臾死

黄遵宪（1848年—1905年），字公度，号人境庐主人，清晚期大臣，今广东梅州人，曾出使日、美、英、新加坡等国，后任湖南巡察使，与康有为、梁启超关系密切，支持变法。

光绪三十年（1904年）年末，遵宪梦见好友梁启超提着头颅来见自己，醒来后写了这首诗。次年2月，因病辞世。

258. 绝命词-1905

〔清〕邹容/章太炎

击石何须博浪椎，群儿甘自作湘累
要离祠墓今何在，愿借先生土一坏
平生御寇御风志，近死之心不复阳
愿力能生千猛士，补牢未必恨亡羊

邹容（1885年—1905年），原名绍陶，又名桂文，宇蔚丹，清末革命家，重庆人，留学日本时参加抗俄义勇队，回国后参加爱国学社，发表《革命军》一书。清廷逮捕章太炎，他挺身救护，主动投案，在狱中受尽折磨，因病辞世。

章太炎（1869年—1936年），初名学乘，一名绛年，字炳麟、枚叔，号太炎，近代革命家、思想家。因为邹容《革命军》作序，发表于他主编的《苏报》上，清廷制造"苏报案"，将他逮捕。

邹容和章太炎在狱中写诗唱和。这首诗是他们联句而成，单句为容作，双句为太炎作。

259. 留别诗十二首-1907 2

〔清〕俞樾

别家人
骨肉由来是强名，偶同逆旅便关情
从今散了提休戏，莫更铺排傀儡棚

别诸亲友
阅历人间数十秋，无多亲故共绸缪。
今朝长与诸公别，休向黄垆问旧游

别门下诸君子
寂寞元亭扬子云，偏劳载酒共交论
不知他日三台路，谁过空山下马坟

别曲园
小小园林亦自佳，盆池拳石手安排
春风不晓东君去，依旧年年到达斋

别俞楼
占得孤山一角宽，年年于此凭栏杆
楼中人去楼仍在，任作张王李赵看

别所读书
插架牙签万卷余，平生于此费居诸
儿孙倘念先人泽，莫乱书城旧部居

别所著书
老向文坛自策勋，谈经余暇更诗文
一齐付与人间世，毁誉悠悠总不闻

别文房四友
论交最密是文房，助我成名翰墨场
太息英雄今已矣，莓苔抛弃绿沈枪

别此世
自寄形于此世中，胶胶扰扰事无穷
而今越出三千界，不管人间水火风

别俞樾
平生为此一名姓，费尽精神八十年
此后独将真我去，任他磨灭与流传

临终自喜

自顾生平亦足豪，莫将幽怨付牢骚
　　聪明曾博先皇喜，著述还邀圣主褒
　　五百卷传文字富，卅三年据讲堂高
　　祖孙同日官词苑，也算文人异数叨
　　　　　临终自恨
　　茫茫此恨竟何如，但恨粃糠未扫除
　　七尺桐棺三尺土，此中了却万言书

　　俞樾（1821年—1907年），字荫甫，号曲园居士，清末杰出文学家、经学家、书法家，浙江德清县人，近代诗人俞平伯之曾祖父，道光三十年（1850年）进士，历职翰林院编修、河南学政等，被弹劾"试题割裂经义"而罢官，居苏州，潜心学术四十年，海内外求学者众，是章太炎、吴昌硕、日人井上陈政等的老师，尊为朴学大师。

　　光绪三十二年（1907年2月5日），樾八十六岁因病辞世，葬西湖三台山东麓，临终前作留别诗十首、临终诗二首。

260. 绝命诗-1907 7

〔清〕秋瑾

其一
秋风秋雨愁煞人

其二
致徐小淑绝命词
痛同胞之醉梦犹昏，悲祖国之陆沉谁挽
日暮穷途，徒下新亭之泪。残山剩水，谁招志士之魂
不须三尺孤坟，中国已无干净土
好持一杯鲁酒，他年共唱摆崙歌
虽死犹生，牺牲尽我责任。即此永别，风潮取彼头颅
壮志犹虚，雄心未渝
中原因首肠堪断

　　秋瑾（1875年—1907年），字竞雄，号鉴湖女侠，中国女权和女学思想倡导者，清末革命家，今浙江绍兴人，生于福建云霄。

　　光绪三十二年（1907年7月15日）凌晨，瑾被清廷杀害于绍兴轩亭口，殉国

辞世。其一是临刑前口占,其二是临刑前五天寄给弟子徐小淑的。

261. 绝命词-1907

〔清〕朱元成

死我一人天下生
且看革命起雄兵
满清窃国归乌有
到此天心合我心

朱元成(1876年—1907年),一名子龙,字松坪,清末革命者,湖北江陵县人,曾在武昌发起科学补习所和日知会,后被派日本联系同盟会。

光绪三十二年(1907年),元成奉孙中山命回国,准备武昌起义,事泄被俘遇害,殉国辞世。这首诗作于临终前。

262. 绝命诗-1908

〔清〕胡子太监

无端毁体忆髫年
供奉黄门荷宠怜
今日龙髯攀未得
小臣应许负登天

胡子太监(？—1908年),佚名。据《清稗类钞》记载,光绪末京城里有个人满脸胡子,自称太监,常与人说七岁时玩刀,不小心割伤下体,后进宫为太监,服侍过光绪帝,随习五经,因阉割未尽长出胡子,帝不得已将其逐出宫。

光绪三十三年(1908年)冬,光绪帝驾崩,胡子太监也自缢于卢沟桥畔,殉忠辞世。这首诗是在他死时衣带中发现的。

263. 洒血诗-1911

〔清〕吴旸谷

来来去去本无因
只觉区区不忍心
拼着头颅酬死友

敢将多难累生灵

吴旸谷（1884年—1911年），本名春阳，清末革命者，安徽合肥人，曾与蔡元培等在上海创立青年学社，后流亡日本，与孙中山一起组织同盟会。

1911年，旸谷回国后，在安庆组织起义，安徽独立后，被推为总经略，不久被反动军阀杀害，殉国辞世。这首诗作于临终前。

264. 临终诗-不详

〔清〕姚栖霞

永夜沉沉更漏迟
无眠起坐强支持
意中多少难言事
尽在低声唤母时

姚栖霞（生卒年不详），清代才女，江苏吴江人，因婚姻不幸而身染沉疴，因病辞世，年十七。这首诗作于临终前。

265. 哭夫-不详

〔清〕施婉贞

君去修文上玉楼
吾今苟活总堪羞
太湖万顷涟溦水
不抵霜闺血泪流

施婉贞（生卒年不详），清代烈女，太湖洞庭山人，二十岁嫁金湾吴翰，四年后夫亡，婆令改嫁，以无子嗣抵死不从，又过四年，立族子为子，知婆又令改嫁，遂自缢，殉夫辞世。这首诗作于临终前。

266. 衣带诗-不详

〔清〕扈氏

征尘万里伴夫君，冷落深闺哭不闻
薄命峨眉终见妒，一缣缚送到燕云

飞燕伯劳此日分，断肠无计黯销魂
愿从野蝶依青草，携手双双到鬼门

扈氏（生卒年不详），清代烈女，北京人，十七岁嫁邓某为妾。

因遭正室嫉恨，扈氏被囚幽室，数年不得见丈夫。后丈夫去世，她哭奠灵前，自缢，殉夫辞世。这首诗藏于其衣带中。

267. 绝命词-不详

〔清〕蒋氏

一纪夫亡实可伤
无儿膝下叹茫茫
不如死向黄泉去
风露同餐案举长

蒋氏（生卒年不详），清代烈女，淮阴田期圣之妻，嫁十二年后夫亡，夫亡第二天自缢，殉夫辞世，留绝命诗。

268. 绝命词-不详

〔清〕陈彩玉

结发为君妇，十年琴瑟调
秋风随蝶化，誓与子同彫
针刺易书卷，冀君名业新
君既中途殒，何惜此一身
绝粒求速死，众口与我违
姑姨苦相劝，留我欲何为
或言俟卜葬，此事不须时
同室且同穴，山移志不移
俯仰惟长叹，舍身死若生
魂既与君俱，心同兰水清

陈彩玉（生卒年不详），清代烈女，福建莆田人，与丈夫生活十年，恩爱无比。

彩玉为让丈夫有出息，靠缝纫刺绣赚钱为夫买书。丈夫死后，彩玉长吁短叹，十分悲痛，想绝食自尽，因众人相劝作罢。丈夫丧事毕，彩玉从容告别亲友，饮药，殉夫辞世。这首诗作于临终前。

269. 狱中寄女诗-不详

〔清〕王谋文

寻常小别已牵愁，况我年衰作楚囚
劝饮花前何日再，课诗灯下此生休
舟倾宦海真如梦，桥搅离魂又到秋
料得闺中垂发女，也应北望泪双流

王谋文（生卒年不详），字达溪，清代官员，浙江绍兴人，曾为交河县令，因罪下狱，负罪辞世。这首诗作于狱中。

谋文之女王梅卿，善诗词音律，有诗百余篇被收入《闺秀集》。这首诗是谋文在狱中写给女儿梅卿的。

270. 绝笔诗-不详

〔清〕大悲庵僧

道我狂时不是狂，今朝收拾臭皮囊
雪中明月团团冷，火里莲花瓣瓣香
好向棒头寻出路，即从业海驾归航
满炉榾柮都煨烬，十字街头作道场

大悲庵僧（生平不详）。大悲庵为古刹，位于山东济宁市区古运河畔（今青平巷胜利桥南），始建于明洪武十八年（1385年）。这首诗收录于《晚晴簃诗汇》。

近　代

271. 被逮口占 -1910 3

〔近代〕汪精卫

慷慨歌燕市

从容作楚囚

引刀成一快，

不负少年头

汪精卫（1883年—1944年），又名汪兆铭，字季新，祖籍浙江绍兴，生于广东三水，大汉奸，汪伪国民政府主席。

1910年3月31日，精卫和同盟会同志刺杀摄政王载沣，事败被俘，清廷判其"大逆不道，立即处斩"。这首诗作于狱中。

272. 拟决绝词 -1911

〔近代〕周实

卷施拔心鹊叫血，听我当筵歌决绝

信有人间决绝难，一曲歌成鬓飞雪

鬓飞雪，拼决绝，我不怨尔颜色劣，尔无怨我肠如铁

请决绝，如雷之奋如电掣，如机之断如吊裂

千古万古，惩此覆辙

惩覆辙，长决绝，海枯石烂乾坤灭，无为瓦全宁玉折

周实（1885年—1911年），原名挂生，字实丹，号无尽、和劲等，近代革命者，今江苏淮安人，曾参加南社，后参与创办淮南社，宣传革命思想。

1911年10月，实在家乡淮安组织起义，11月14日成立地方军政府，被推为巡逻部长，17日被当地知县姚荣泽杀害，殉国辞世。这首诗作于临终前。

273. 绝命诗-1912 1

〔近代〕白毓崑

慷慨吞胡翔，舍南就北难
革命当流血，成功总在天
身同草木朽，魂随日月旋
耿耿此心志，仰望白云间
悠悠我心忧，苍天不见怜
希望后起者，同志气相连
此身虽死了，主义永流传

白毓崑（1868年—1912年），字雅雨，号镜玉，近代革命者，今江苏南通人，早年教书，创立地质学会，后为同盟会天津负责人之一。

1912年1月3日，毓崑在括州起义，宣布独立并成立北方军政府，因叛徒出卖，被俘遇害，殉国辞世。这首诗作于临终前。

274. 无题诗-1912 1

〔近代〕黄之萌

朔风眨肌不知寒，几次同心是共甘
在昔头皮拼著撞，而今血影散成斑
天悲却为中原鹿，友死犹存建卫蛮
红点溅飞花满地，层层留与后人看

黄之萌（1887年—1912年），字继明，近代革命者，贵州贵定人，曾参加云南河口起义，后到北京，在同盟会暗杀部工作。

1912年1月19日，之萌因刺杀袁世凯未遂，被俘遇害，殉国辞世。这首诗作于临刑前。

275. 绝命诗-1912 1

〔近代〕熊朝霖

夷祸纷纷愧伯才
天荒地老实堪哀
须知世界文明价
尽是英雄血换来

熊朝霖（1888年—1912年），字其贤，近代革命者，贵州贵阳人，毕业于陆军中学堂，1911年入共和会。

1912年1月，朝霖任敢死队队长，在进军天津途中，与袁世凯清军作战失利，被俘遇害，殉国辞世。这首诗作于临终前。

276. 谒明孝陵-1912 2

〔近代〕丘逢甲

郁郁钟山紫气腾
中华民族此重兴
江山一统都新定
大纛鸣笳谒孝陵

丘逢甲（1864年—1912年），又名秉渊，字仙根、吉甫，号萤仙、仲阏等，近代革命者，台湾彰化县人，历职工部主事、同盟会岭东盟主、参议院议员等。

1911年冬天，辛亥革命后，逢甲参加南京临时政府。在南京，他冒雪游莫愁湖、扫叶楼、明孝陵等，作诗十首，次年2月因病辞世。

277. 客京都法源寺有感-1912 9

〔近代〕释敬安

晨钟数声动，林隙始微明。披衣坐危石，寒鸦对我鸣
似有迫切怀，其声多不平。鹰隼倏已至，一击群鸟惊
恃强而凌弱，鸟雀亦同情。减余钵中食，息彼人中争
我身尚不好，身外复何营。惟悯失乳雏，百匝绕树行
苦无济困资，徒有泪纵横。觉皇去已邈，谁为觉斯民

释敬安（1851年—1912年），俗名黄读山，字福馀，法名敬安，字寄禅，号八指头陀，今湖南湘潭人，曾于宁波阿育王寺剜臂肉燃灯供佛，并烧二指使骈，曾任浙江天童寺方丈。

1912年，敬安被推为中华佛教总会会长。鉴于当时各地夺僧产、毁佛像的现象，他赴南京见孙中山，要求保护。临时政府迁北京，他即北上，居法源寺。到京第九天，他前往内务部见礼俗司司长杜关，要求政府禁夺寺产，遭辱，当晚忧愤辞世。

这首诗原题为《壬子九月二十七京都法源寺晨闻鸦有感》，作于辞世当天。

278. 武昌狱中书感 -1913

〔近代〕宁调元

拒狼进虎亦何忙，奔走十年此下场
岂独桑田能变海，似怜蓬鬓已添霜
死如疾恶当为厉，生不逢时甘作殇
偶倚明窗一凝睇，水光山色剧凄凉

宁调元（1883年—1913年），字仙霞，号太一，近代革命者，湖南醴陵县人，在日本入同盟会，回国后创办中国公学，主编《洞庭波》杂志和《帝国日报》，又在上海参加民社，创办《民声报》，后到广东任三佛铁路总办。

1913年6月26日，因反对袁世凯，调元在汉口被俘，9月25日以"内乱罪"于武昌抱冰堂遇害，殉国辞世。这首诗作于狱中。

279. 绝命诗（九首选二）-1914 3

〔近代〕罗福星

其一
独飘彩色汉旗黄，十万横磨剑吐光
齐唱从军新乐府，战云开处阵堂堂

其二
海外烟飞空一岛，吾民今日赋同仇
牺牲血肉寻常事，莫怕轻生爱自由

罗福星（1886年—1914年），又名国权，字东亚，近代革命者，今广东蕉岭人，生于印度尼西亚，随父迁台湾，后入同盟会，历职新加坡华侨中学校长、同盟会缅甸联络站缅甸书报社主任、镇平大地中学校辰等。

1913年，福星奉孙中山命，到台湾成立同盟会支部，进行抗日，12月18日被俘。日本殖民统治者要福星写"自白书"，他却奋笔列举日人十一项罪行，并作诗九首，后于次年3月3日遇害，殉国辞世。

280. 绝命诗-1914 12

〔近代〕韩伯棠

借债重重已破家
是谁断送好中华
千秋自有董狐笔
撒手西归不理他

韩伯棠（1892年—1914年），近代革命者，安徽望江县人，早年入同盟会，追随孙中山。

1914年10月23日，因反对袁世凯事泄，伯棠在苏州被俘，12月1日遇害，殉国辞世。这首诗作于临终前，他咬指在衣服上写下这首诗。

281. 绝命诗-1915 6

〔近代〕仇亮

祖龙流毒五千年，百劫残灰死复燃
碧血模糊男子气，黄袍娇宠独夫天
那堪新莽称元首，定有荆柯任仔肩
世不唐虞心不死，望中凄绝洞庭烟

仇亮（1879年—1915年），原名匡式，字蕴存，近代革命者，湖南湘阴人，早年留学日本，为日本士官学校同盟会负责人之一，历职清廷军咨府官员、山西督练官、南京政府陆军部军衔司司长等，参加武昌起义，曾率革命军打死山西巡抚。

1915年春，因反对袁世凯事泄，亮被俘。在狱中，他受尽折磨，始终不屈，赋绝命诗六首，是年6月9日遇害，殉国辞世。这首诗作于临终前。

282. 自挽诗-1915 7

〔近代〕钟明光

一念酬恩愿尚违，卅年心事总堪悲
不才敢拟擎天柱，无处能容立地锥
破国亡家徒有恨，赴汤蹈火义难辞
料应化作啼鹃去，欲报慈乌再世期

钟明光（1881年—1915年），字达权，近代革命者，广东兴宁县人，早年经商，后投身革命。

1915年7月17日，明光刺杀支持袁世凯的广东军阀龙济光，被俘，次日遇害，殉国辞世。这首诗作于临终前。

283. 拟古决绝词-1920

〔近代〕朱执信

决绝复决绝，萧艾萋萋生，不如蕙兰折
白露泠泠群卉尽，只剩柔条倚风泣
中夜出门去，三步两徘徊
言念同心人，中情自崩摧
我心固匪石，千言万言空尔为
月光皎皎缺复圆，星光映映繁复稀
月光星光两澹荡，欲明未明鸡唱时
芙蓉江上好，幽兰窗下洁，所宝在素心，不向西风弄颜色
水流还朝宗，叶落还肥根，来岁当三月，坐看万木繁
人生世上亦如此，此身何惜秋前萎

朱执信（1885年—1920年），原名大符，字执信，近代革命者，广东番禺人，祖籍浙江绍兴，曾留学日本，入同盟会，参加广东多次起义。

1920年秋，孙中山决定驱除桂系军阀，执信从上海返广东，策反桂军，9月21日于虎门炮台遇刺，殉国辞世。这首诗作于临终前。

284. 诀别-1925

〔近代〕廖仲恺

后事凭君独任劳

莫教辜负女中豪

我身虽去灵明在

胜似屠门握杀刀

廖仲恺（1877年—1925年），原名恩照，又名夷白，字仲恺，今广东惠阳人，生于美国，曾留学日本，入同盟会，回国后历职广东省军政府总参议兼理财政、国民党财政部次长、广东省长、大元帅大本营秘书长等。

1922年6月，广东军阀陈炯明发动叛变，仲恺事前应陈电邀，前往惠州被扣，囚于石井兵工厂。他以为必死无疑，便写这首诗与妻子何香凝告别。

285. 遗书-1927 6

〔近代〕王国维

五十之年

只欠一死

经此世变

义无再辱

王国维（1877年—1927年），初名国桢，字静安、伯隅，号礼堂、观堂、永观、人间等，清末民国初杰出思想家、文学家、历史学家、诗人，浙江海宁人，谥"忠悫"。

1927年6月2日，国维于北京颐和园中昆明湖投水自溺，殉义辞世。这几句诗是在他遗物中发现的。

286. 怀秋子-1927 9

〔近代〕张胆

月寒半壁离人梦

槛外霜华几度愁

寄语西风休着力

  轻吹心事给阿秋

  张胆（1904年—1927年），曾名芸生、举华、春泥等，近代革命者，福建顺昌县人，中共党员，历职广西农民讲习所教官、国民党广西省党部农民部和农工厅秘书，筹建中共柳州支部等。

  1927年4月12日，四一二反革命政变，胆被俘，9月1日于南宁北门刑场遇害，殉国辞世。这首诗作于临终前。

287. 春风拂拂地吹来-1927 10

〔近代〕谢铁民

春风拂拂地吹来，桃花夭夭地开放了
革命尚未成功，自由在哪里
春风拂拂地吹来，桃花夭夭地开放了
革命尚未成功，平等在哪里
春风拂拂地吹来，桃花夭夭地开放了
革命尚未成功，幸福在哪里
春风拂拂地吹来，桃花夭夭地开放了
革命尚未成功，理想的社会在哪里
春风拂拂地吹来，桃花夭夭地开放了
革命总会成功，自由、平等、幸福年一年一
理想的社会就在这里

  谢铁民（1905年—1927年），原名振武，近代革命者，广西桂林人，中共党员，历职国民党桂林县党部农民部长、宣传部长、《革命周刊》编辑等，发起成立"马列主义研究会"。

  1927年春，四一二反革命政变，铁民被俘，10月13日于桂林丽泽门外遇害，殉国辞世。这首诗作于临终前。

288. 就义诗-1927 12

〔近代〕杨超

满天风雪满天愁
革命何须怕断头

> 留得子胥豪气在
> 三年归报楚王仇

杨超（1904年—1927年），字天真，号北梅，近代革命者，祖籍河南，早年随家迁江西德安，中共党员，历职中共江西省委委员、德安县委书记等。

1927年10月，超受党任命为特派员回江西，在九江被俘，12月27日于南昌市德胜门外下沙窝遇害，殉国辞世。就义时，他高声朗诵这首诗。

289. 绝笔诗-1928 2

〔近代〕周文雍

> 头可断，肢可折
> 革命精神不可灭
> 壮士头颅为党落
> 好汉身躯为群裂

周文雍（1905年—1928年），近代革命者，生于广东开平，中共党员，历职中共广东区委工委委员、广州工人纠察队总队长、中共广州市委组织部部长兼市委工委书记等。

1928年初，因叛徒出卖，文雍与陈铁军同时被俘。是年2月6日下午，两人被押解广州东郊红花岗刑场，路上高呼"打倒国民党反动派""中国共产党万岁"。刑前，他们宣布结婚，后殉国辞世。这首诗作于临终前。

290. 就义诗-1928 2

〔近代〕王幼安

> 马列思潮沁脑骸
> 军阀凶残攫我来
> 世界工农全秉政
> 甘心直上断头台

王幼安（1896年—1928年），又名王宏文，近代革命者，湖北麻城人，中共党员，历职中共麻城特别支部书记、中共麻城县委委员等。

1927年12月8日，幼安从国民党驻军搞到一批枪支弹药，装入棺内欲启运，因叛徒出卖被俘，次年2月17日于麻城宋埠干沙河畔遇害，殉国辞世。幼安在狱中坚贞不屈，作诗百余首。

291.《七歌》狱中题壁诗-1928.2

〔近代〕王达强

有客有客居汉江，自伤身世如颠狂
抱负不凡期救世，赢得狂名满故乡
一心只爱共产党，哪管他人道短长
我一歌兮歌声扬，碧血千秋叶芬芳
有家有家在鄂东，万山深处白云中
老父央儿伤无椁，老母倚间泪眼空
故乡山水今永诀，天地为我起悲风
我二歌兮歌声雄，革命迟早要成功
有友有友意相投，千里相逢楚水头
起舞同闻鸡鸣夜，击楫共济风雨舟
万方多难黎民苦，相期不负壮志酬
我三歌兮歌声吼，怒掷头颅报国仇
有弟有弟在故乡，今日意料有我长
昨夜梦中忽来信，道是思兄忆断肠
可怜不见已三载，焉能继我起乡邦
我四歌兮歌声强，义旗闻起鄂赣湘
我五歌兮歌声止，慷慨悲歌今日死
我六歌兮歌声乱，地下应多烈士伴
我七歌兮歌声终，大地行见血花红

王达强（1901年—1928年），名镜清，号士豪，近代革命者，湖北黄梅县人，中共党员，历职汉口研口地区团委书记、湖北省团委书记、京汉铁路总指挥等。

1928年2月上旬，达强在汉口被俘，受尽折磨，始终不屈，是月18日清晨于龟山刑场遇害，殉国辞世。这首诗作于狱中。

/ 147 /

292. 就义诗-1928.3

〔近代〕夏明翰

砍头不要紧
只要主义真
杀了夏明翰
还有后来人

夏明翰（1900年—1928年），字桂根，近代革命家，中共党员，湖南衡阳县人，生于湖北秭归，历职中共湖南省委委员、组织部长、农民部长和长沙地委书记、全国农民协会秘书长兼武汉中央农民运动讲习所秘书等，在湖南积极参加组织秋收起义。

1928年初，明翰调任中共湖北省委常委，3月18日在汉口被俘，20日于汉口余记里遇害，殉国辞世。这首诗作于临终前。

293. 自挽联-1928.4

〔近代〕周树屏

革命不怕死，怕死不革命
碧血洒中华，革命精神留世界
共产不避难，避难不共产
雄心振岳北，共产实现定他年

周树屏（1876年—1928年），近代革命者，湖南衡山县人，中共党员，早年从事农民运动，历职衡山县总工会委员长、衡山县委组织部长等。

1928年4月2日，树屏召开秘密会议时，因叛徒出卖被俘，后于衡山县遇害，殉国辞世。这副自挽联作于临终前。

294. 被捕-1928.4

〔近代〕陈逸群

我今何事作楚囚，身负缧绁入图幽
白云悠悠寒雁怨，狴犴森森鬼神愁
铁窗生涯意中事，鼎镬甘饴岂能求

留得明月松间照，掣取干将铗讐仇

陈逸群（1905年—1928年），又名楚英，近代革命者，江西铜鼓县人，中共党员，历职铜鼓县总工会常委、中共铜鼓县委书记等。

1927年12月3日，逸群在秘密召开中共铜鼓县委扩大会议时被俘，后押解南昌戒严司令部军法处看守所。在狱中，他写下了《被捕》《遗嘱》等诗文。次年4月13日，他组织越狱未果，于南昌遇害，殉国辞世。

295. 无题-1928 4

〔近代〕陈佑魁

英雄不用墓志铭
烈士何需记功碑
生为真理而斗争
死为主义来牺牲

陈佑魁（1900年—1928年），字斗垣，近代革命者，湖南麻阳县人，中共党员，曾领导长沙学生运动，历职湖南省委宣传部长、组织部长、湘南特委书记兼衡阳县委书记等。

1928年4月7日，佑魁到长沙向中共湖南省委汇报工作，因叛徒出卖，当晚被俘，19日遇害，殉国辞世。这首诗作于临终前。

296. 绝笔诗-1928 4

〔近代〕罗亦农

慷慨登车去
相期一节全
残躯何足惜
大敌正当前

罗亦农（1902年—1928年），原名罗善扬，字慎斋、亦农，生于湖南湘潭县，无产阶级革命家，中共早期领导人之一，曾领导上海工人第三次武装起义。

1928年4月15日，因叛徒出卖，亦农在上海公共租界被俘，21日于上海龙华遇害，殉国辞世。这首诗作于临终前。

297. 读《灰色马》-1928 5

〔近代〕徐玮

前人去后后人到，生死寻常何足道
但愿此生有意义，哪管死得迟和早
灰色马儿门外叫，我的使命已尽了
出门横跨马归去，蹄声响处人已遥

徐玮（1903年—1928年），原名宝兴，近代革命者，江苏海门县人，中共党员，历职江浙区团委书记、浙江省委常委、共青团省委书记、团中央委员等。

1927年11月6日，玮在杭州被俘，次年5月3日遇害，殉国辞世。在临刑前几天，他读了俄国库普林的小说《灰色马》，感作此诗。

298. 就义诗-1928 8

〔近代〕唐士谦

一为难客过长沙
猛虎狂吞百万家
我志未酬身先殒
忠贞千古共咨嗟

唐士谦（1902年—1928年），近代革命者，湖南醴陵县人，中共党员，历职醴陵县农协委员长、醴陵地委委员等。

1928年4月，醴陵苏区遭国民党血洗后，士谦率领部分农军转移到华容坚持游击斗争。在华容获悉毛泽东和朱德在宁冈会师后，他即带领两位同志前往井冈山，8月17日途经长沙时被俘，25日于长沙浏阳门外遇害，殉国辞世。这首诗作于临终前。

299. 绝笔诗二首-1928 9

〔近代〕贺锦斋

其一

云遮雾绕路漫漫，一别庭帏欲见难
吾将吾身交吾党，难能获水再承欢

其二
忠孝本来事两行，孝亲事望弟承担
眼前大敌狰狞甚，誓为人民灭虎狼

贺锦斋（1901年—1928年），原名文绣，近代革命家，湖南桑植县人，贺龙堂弟，历职贺龙部团长、旅长、师长等，曾参加北伐和南昌起义。

1928年9月8日，在石门泥沙镇战斗中，为掩护贺龙率部突围，锦斋奋勇冲杀，中弹牺牲，殉国辞世。这首诗作于临终前一日，附在他写给弟弟的信中。

300. 五绝-1928 10

〔近代〕蔡鸿猷

赤血染黄花
磷光照万家
两度中秋月
半生志未偿

蔡鸿猷（1897年—1928年），乳名德宣，近代革命者，浙江缙云小章村人，中共党员，历职国民革命军第一军排长、连长、连党代表、国民政府财政部缉私卫商总队第一团第一营党代表等。

1927年，四一二反革命政变，鸿猷被俘，次年10月6日于广州郊外遇害，殉国辞世。这首诗是他遇害前写给家人的。

301. 就义诗-1928 11

〔近代〕钱振标

草地斜阳，洁白而纯洁的羔羊
不绝地跳跃，不绝地徜徉
归乡何处？断头台上

钱振标（1895年—1928年），又名钱正表，号山青泉，近代革命者，生于江苏无锡，中共党员，历职南方临时省委委员、农运特派员、中共江阴县委书记、京沪特委军委书记等，组建农民革命军兼任总司令，领导江阴后塍二次农民暴动。

1928年10月18日下午，振标在常州大成旅馆参加京沪特委会议时被俘，11

/ 151 /

月25日于无锡遇害，殉国辞世。这首诗作于临终前。

302. 自挽联-1928.11

〔近代〕熊亨瀚

十余载劳苦奔波，秉春秋笔，执教士鞭，仗剑从军，矢忠护党，有志未能伸，此生空热心中血

一家人悲伤哭泣，求父母恕，劝兄弟忍，温语慰妻，负荷嘱子，含冤终可白，再世当为天下雄

熊亨瀚（1894年—1928年），近代革命者，今湖南桃江人，中共党员，早年留学日本，曾被派往国民党湖南省党部工作，后在武汉从事地下工作。

1928年11月7日，亨瀚被俘，在狱中感生命将终，索来纸笔给妻子写了《绝命遗言》："人生自古谁无死！余之死，非匪、非盗、非奸、非拐、非杀人放火、非贪赃枉法，实系为国家社会含冤负屈而死。扪心自问，尚属光明，公道未泯，终可昭雪。"是月28日，于长沙遇害，殉国辞世。这副自挽联作于临终前。

303. 题壁诗四首-1928.12

〔近代〕汪石冥

当年负笈出夔关，壮志欲肩天下难
信有身心如铁石，哪怕楚子沐猴冠
横剑跃马几度秋，男儿岂堪作俘囚
有朝锁链捶断也，春满人间尽自由
敢从烈火炼真金，镣铐偏能坚信心
誓舍微命留正气，残躯任尔斧钺临
莫庆南牢系死囚，众生鏖战几曾休
铁栏杆外朝曦涌，赤帜飞扬古城头

汪石冥（1900年—1928年），近代革命者，今重庆綦江人，南京大学毕业，中共党员，曾主编会刊《南川青年》，历职南川县党部执委兼宣传部长、中共南川支部组织宣传委员，后调中共湖北省委军委工作。

1928年3月，石冥受中共湖北省委派遣运送武器给鄂东特委，途中被俘，是年12月10日于汉阳遇害，殉国辞世。在狱中，他用牙刷柄在墙上写下这首诗。

304. 就义诗-1928 12

〔近代〕朱也赤

愁云惨雾罩南粤
战士成仁飞赤血
浩气长存宇宙间
耿耿丹心昭日月

朱也赤（1899年—1928年），近代革命者，广东高州县人，中共党员，曾领导高州、宜信等地农民运动，后调广州湾工作。

1928年12月初，因叛徒出卖，也赤在广东西营（霞山）被俘，23日于高州遇害，殉国辞世。这首诗作于临终前。

305. 绝命词-1928 12

〔近代〕王孝锡

纵有垂天翼，难脱今夜险
问苍天，何不行方便
驭飞云，驾慧船，搬我直到日月边
取来烈火千万炬，这黑暗世界，化作尘烟
出铁笼，看满腔热血，洒遍地北天南
一夕风波路三千，把家园骨肉，齐抛闪
自古英雄多患难，岂饶我今然
望爹娘，休把儿挂念，养玉体、度残年
尚有一兄三弟，足供欢颜
儿去也，莫牵连

王孝锡（1903年—1928年），字遂五，近代革命者，甘肃宁县人，中共党员，历职国民党甘肃省党部青年部长、中共兰州特别支部组织委员、甘肃督办公署政治部主任、第二军事政治学校政治处长等。

1928年11月26日，孝锡被国民党陕甘青剿匪司令部俘。在狱中，受尽折磨，始终不屈，并作诗："慷慨歌太平，从容作楚囚。暴刀逞一快，何惜少年头"。是年12月30日，孝锡于兰州遇害，殉国辞世。这首诗作于临终前。

306. 绝命诗-1929 2

〔近代〕邓雅声

呜咽江声日夜流
岂知宏愿逐波浮
萧然独谢长生去
暮雨寒风天地愁

邓雅声（1902年—1929年），近代革命者，湖北黄梅县人，中共党员，历职黄梅县委组织部长、湖北省农民协会秘书长、京汉路南段特委委员、特委书记等。

1929年初，雅声赴武汉向中共湖北省委汇报工作，在汉口被俘，2月19日于汉口余记里空坪遇害，殉国辞世。他遇害前曾写信给他老师熊竹生，附四首绝命诗。

307. 临刑诗-1929 7

〔近代〕赵天鹏

钢刀虽快
杀不尽天下平民
鱼网虽大
捉不尽东海之鱼

赵天鹏（1903年—1929年），近代革命者，今上海浦东人，中共党员，曾任中共南江县委委员。

1928年，中共奉贤县委书记李主一被伪区长杀害。天鹏在同志协助下，报仇杀死伪区长，后被俘，次年7月2日，于上海奉城四团镇遇害，殉国辞世。这首诗作于临终前。

308. 就义诗-1929 10

〔近代〕陈龙骧

丹青难驻旧时颜
莫惜韶光去不还
报志未酬三十载

愿留肝胆照人间

陈龙骧（1900年—1929年），近代革命者，湖南长沙人，中共党员，早年教书，后做地下工作，曾任国民党长沙市党部宣传部长、安徽泾县公安局局长。

1929年10月，因叛徒出卖，龙骧于长沙被俘遇害，殉国辞世。这首诗作于临终前。

309. 就义词-1930 4

〔近代〕李鸣珂

天愁地暗

惨雾凄凉

千万人声沸腾

来到杀场

不觉恨填胸

我心中含着许多悲愤

别了！别了！别了

许多朋友别了

许多士兵别了

许多工农及一切劳苦大众别了

我今躺在血地上

切莫为我空悲痛

但愿对准我们的敌人猛攻，猛攻

李鸣珂（1899年—1930年），近代革命者，四川南部县人，中共党员，1925年入黄埔军校，参加了南昌起义，曾任四川省委委员兼军委书记等。

1930年4月18日，鸣珂在奉命赴任红六军军长前夕，亲自暗杀叛徒，被俘，次日于重庆朝天门遇害，殉国辞世。这首诗作于临终前。

310. 就义诗-1930 5

〔近代〕张锦辉

唔怕死来唔怕生，天大事情妹敢当

一心革命为穷人，阿妹敢去上刀山

打起红旗呼呼响，工农红军有力量
共产万年坐天下，反动终归没久长
穷苦工农并士兵，希望大家要齐心
打倒军阀国民党，何愁天下唔太平

张锦辉（1915年—1930年），女，近代革命者，中国现代十大少年英雄之一，福建永定县人，1930年春加入共青团，任红军游击队宣传队员。

1930年5月12日，锦辉随宣传队到西洋坪村开展工作，被反动民团俘，16日于天后宫前遇害，殉国辞世，年十五。当时她一边走向刑场，一边向群众引亢高歌这首诗。

311. 绝命词-1930 7

〔近代〕何世昌

烈士
视死如归然
浩气凌青天
奋身饮枪弹
为工农
争利权
头颅抛荒山
阶级斗争
历史唯物观
崇拜马克思
服膺列宁言

何世昌（1905年—1930年），原名何耀祖，近代革命者，湖北部县人，中共党员，曾参加南昌起义，历职广西教导大队政治指导员、红八军政治部主任与军委书记等。

1930年4月，世昌率部经邕宁、隆安前往右江寻红七军，途中被俘。在狱中，受尽折磨，始终不屈，是年7月15日于南宁遇害，殉国辞世。这首诗作于临终前。

312. 绝命诗-1930 9

〔近代〕蓝飞鹤

横胸铁血扫难开
浩劫摧磨志不灰
满地铜驼荆棘变
游魂应逐战旗来

蓝飞鹤（1901年—1930年），近代革命者，福建惠安人，中共党员，历职福建省委特派员、泉州特委常委、闽南行动委员会组织部长和红军团长等，曾领导厦门、泉州的工人运动。

1930年9月，飞鹤在领导惠安起义时被俘，9月26日傍晚于县城东门外遇害，殉国辞世。这首诗作于临终前。

313. 对江娥-1920-1930

〔近代〕黄接舆

君为我作楚乡舞，按节我为汝楚歌
四面云山齐控纵，廿年岁月冷云过
道高一尺魔高丈，牺牲争随代价多
此去心安理自得，更无泪洒对江娥

黄接舆（生卒年不详），湖南浏阳县人，早年参加北京马克思主义研究会，后从事工人运动遇害，殉国辞世。这首诗是他临刑前写给爱人的。

314. 狱中-1931 2

〔近代〕龙大道

身在牢房志更强
抛头碎骨气昂扬
乌云总有一日散
共产东方出太阳。

龙大道（1901年—1931年），原名康庄，字坦之、坦云，近代革命者，贵州锦屏县人，侗族，中共党员，曾留学苏联，后任上海总工会秘书长，协助周恩来领导上海工人三次武装起义，后到武汉从事工人运动。

1931年1月17日，因叛徒出卖，大道在上海被捕，受尽折磨，始终不屈，2月7日于上海龙华遇害，殉国辞世。这首诗作于狱中。

315. 绝笔诗-1931 4

〔近代〕邓恩铭

卅一年华转瞬间
壮志未酬奈何天
不惜惟我身先死
后继频频慰九泉

邓恩铭（1901年—1931年），又名恩明，字仲尧，水族，贵州荔波人，无产阶级革命家，中共创始人之一，与王尽美等组织成立"励新学会"，历职中共山东省执行委员会书记等，曾发动青岛胶济铁路工人大罢工。

1929年1月19日，因叛徒出卖，恩铭在济南被捕，1931年4月5日于济南市纬八路刑场遇害，殉国辞世。这首诗作于临终前。

316. 狱中诗-1931 4

〔近代〕恽代英

浪迹江湖忆旧游
故人生死各千秋
已摈忧患寻常事
留得豪情作楚囚

恽代英（1895年—1931年），祖籍江苏武进，生于湖北武昌，无产阶级革命家、中共党员，中共早期青年运动领导人之一、黄埔军校第四期政治教官、武汉地区五四运动主要领导人，历职中国社会主义青年团中央执委会候补委员、宣传部主任等。

1930年5月6日，代英在上海被捕，囚于南京中央军人监狱。在狱中，面对威逼利诱，始终不屈。次年4月29日中午，于南京中央军人监狱遇害，殉国辞世。这首诗作于临终前。

317. 自挽联-1931 5

〔近代〕周炳文

肉躯壳无足轻重，但求身后有灵魂
死一时实生千古，鬼伎俩何等凶残
寄语党中诸巨子，鉴已往直慎将来

周炳文（1892年—1931年），近代革命者，湖南长沙人，中共党员，在望城县从事地下工作，后回乡开展农运，后调安源，不久调中共湖南省委。

1931年3月，炳文前往湘阴尖山联络工作时被俘，囚于长沙司禁湾陆军监狱，5月11日于长沙浏阳门外识字岭遇害，殉国辞世。这首诗作于临终前。

318. 自挽联-1931 5

〔近代〕王步文

是革命家，是教育家
怀如此奇才，生而无愧
为革命生，为大众死
仗这般大义，死又何妨

王步文（1898年—1931年），字伟模，近代革命者，安徽岳西人，中共党员，早年投身五四运动，后留学日本，历职中共东京特别支部负责人之一、上海总工会青年部长、中共安徽省临时委员会委员兼怀宁中心县委书记、中共安徽省委宣传委员、省委书记等。

1931年4月，因叛徒出卖，步文在芜湖柳春园被俘，5月31日于安庆遇害，殉国辞世。这首诗作于临终前。

319. 临刑前的遗曲-1931 夏

〔近代〕王干成

蒋介石，狼心狗肺，杀人放火，胡作非为
杀害良民千千万，祖国四处凄凉景
反动政府，贪官污吏大本营
每日里花天酒地，处处欺压人民

把我革命者，踩踏在铁蹄
造谣言，放空气，造成白色恐怖满天飞
说什么，要铲除第三国际
说什么，共产党压迫人共妻
这些话，完全无根蒂
都是他，信口乱放屁。
可恨那土劣互相狼狈，利用那清乡到处刮地皮
革命战鼓咚咚响，把我的精神提起了百倍
俺老李，生是革命人，死是革命鬼
生和死，死和生
生生死死，死死生生，就在这一回
来到刑场不下跪，看把老子怎么地
但愿我革命早日胜利，红旗飘扬日光辉

王干成（？—1931年），近代革命者，湖北黄梅人，中共党员，历职中共江西瑞昌区委副书记、瑞昌县临时苏维埃政府主席等。

1931年夏，干成被俘，受尽折磨，始终不屈，于江西黄沙洞遇害，殉国辞世。这首诗作于临终前。

320. 就义诗-1931 7

〔近代〕黄冠群

辛酸遍体尽伤痕
骨肉行抛杂草中
记取浏阳门外血
他年化作杜鹃红

黄冠群（1906年—1931年），近代革命者，湖南宁乡人，中共党员，大革命时在家乡从事革命活动，后到南昌、上海。

1931年4月，冠群奉命回湘乡寻找红军时被俘，7月8日于长沙遇害，殉国辞世。这首诗作于临终前。

321. 火 -1931.8

〔近代〕高文华

森林里起了星星之火
山野里起了星星之火
平原里起了星星之火
水边上起了星星之火
火的光渐渐明亮
星星的火光成为块块的火光
水边之火接着了平原之火
平原之火接着了森林之火
森林之火接着了山野之火
山野之火接着了水边之火
全世界的火光衔接了
全世界都着了火了

高文华（1907年—1931年），近代革命者，江苏无锡人，中共党员，曾任共青团无锡县委书记。

1928年3月26日，文华在团县委机关开会时被俘。1931年8月29日，于南京老虎桥第一模范监狱，因病辞世。这首诗作于狱中，是他写的一册名为《人祸》诗的一章开篇。

322. 死前一夕作示狱友 -1931.8

〔近代〕杨匏安

慷慨登车去，相期一节全
残生无可恋，大敌正当前
知止穷张俭，迟行笑褚渊
从兹分手别，对视莫潸然

杨匏安（1896年11月—1931年），近代革命者，今广东中山人，中共党员，奉命入国民党，早年留学日本，历职国民党中央组织部秘书并代理部长、广东省党部常委兼组织部长、国民党中央委员兼常委、中央监察委员等。

1931年7月25日，因叛徒出卖，匏安被俘，蒋介石几次派人劝降，都遭严词拒斥。是年8月一天晚上，于淞沪警备司令部内遇害，殉国辞世。这首诗作于临终前。

323. 鹧鸪天·辛未长至口占-1931.12

〔近代〕朱祖谋

忠孝何曾尽一分，年来姜被减奇温
眼中犀角非耶是，身后牛衣怨亦恩
泡露事，水云身。枉抛心力作词人
可哀惟有人间世，不结他生未了因

朱祖谋（1857年—1931年），原名朱孝臧，字藿生、古微，号沤尹、彊村等，清末官员、词人，今浙江湖州人，光绪九年（1883年）进士，历职礼部右侍郎，病假居上海作寓公，为"清末四大词人"之一。

1931年12月30日，祖谋在上海因病辞世。这首诗作于临终前不久。

324. 就义诗-1932

〔近代〕李甲秾

百折不挠志如山
且将生死置等闲
入党战斗为革命
粉身碎骨也心甘

李甲秾（1898年—1932年），近代革命者，湖南宁乡人，中共党员，曾任宁乡林山学校校长，领导学生运动，大革命失败后参加沩山武装起义，后又回乡开展地下斗争。

1932年，甲秾被俘遇害，殉国辞世。这首诗作于临终前。

325. 就义诗-1932

〔近代〕尹澍涛

一颗头颅值几何
满腔热血洗山河
铁脚扫开荆棘路

>后人好唱自由歌

尹澍涛（？—1932年），近代革命者，湖南宁乡人，早年从事工人运动，曾任《湘西民报》编辑。

大革命失败后，为支持红军在湘武装斗争，澍涛回家乡从事地下活动，1932年被俘遇害，殉国辞世。这首诗作于临终前。

326. 绝笔词-1932 12

〔近代〕陈洪涛

>为民为社稷流血
>重值泰山
>人生自古谁无死
>但受众彰

陈洪涛（1905年—1932年），近代革命者，广西东兰县人，壮族，中共党员，历职民协会委员、中共特委委员、右江特委书记、右江工农苏维埃政府主席、中国工农红军右江独立师政委等。

1932年8月，新桂系在广西西山进行第三次"围剿"，洪涛被通缉悬赏一万银元。是年12月上旬，因叛徒出卖被俘，押解百色，受尽折磨，始终不屈，22日于百色城郊遇害，殉国辞世。这首诗作于临终前。

327. 绝命诗-1933 6

〔近代〕安哲

>我们的心的火焰在熊熊的烧
>我们的激流的血在激动的跳
>起来，工作，工作，灰暗的雾正弥漫在云霄
>用赤裸的手与足，把寒途的荆棘踏折了
>用鲜红的沸腾的血，造成一座虹的桥

安哲（1906年—1934年），原名丰铎，字建亭，近代革命者，山东日照人，中共党员，历职中共山东省委巡视员、中共日照县委书记等，发动了山东日照农民暴动，失败后，到大连，在旅顺龙王堂民众学堂任教。

1933年4月，哲化名王德海，任中共奉天特委宣传部长，开展工人运动。是年6月23日，因叛徒出卖，被日本宪兵俘，次年冬因肺疾于奉天监狱辞世。这首诗作于临终前。

328. 墙上遗诗 -1933

〔近代〕无名烈士

我们是工人，我们不怕死
劝你快明白，切莫要自首
既不能做人，也不能做狗
纵然能做狗，也是不长久

无名烈士（生卒年不详）。这首诗约作于1933年，题在上海警察看守所的狱墙上。

329. 绝命词 -1934 3

〔近代〕王泰吉

为圆寂，将门几掩，谁也不见
学秃陀参禅，象睡佛咒天
将孔孟抛在一边
劳什子吓破几许英雄胆
咱从来不说奈何天
这头颅任你割断
这肉体任你踏践，一切听自然

王泰吉（1906年—1934年3月3日），字仲祥，近代革命者，陕西临潼县人，中共党员，早年入黄埔军校，曾与刘志丹等创建西北工农红军，任参谋长；后在杨虎城部下任副旅长、骑兵团长，西北抗日义勇军总司令、红军军长等。

1934年1月，泰吉被派往豫陕边区做兵运工作，途经淳化通润镇时被俘。是年3月3日，于西安绥靖公署军法处遇害，殉国辞世。这首诗作于临终前。

330. 狱中诗 -1934 7

〔近代〕柳志杰

父兮空生我，母兮空鞠我

辜负罔极恩，此生一无所

愿将寸草心，化作光明火

长照可怜人，渡此汹涛舸

柳志杰（1902年—1934年），又名之叶，号展筹，近代革命者，安徽潜山县人，曾参加潜山农民暴动，后经冯玉祥介绍，到抗日同盟军吉鸿昌处任秘书。

1934年5月，因叛徒出卖，志杰在南昌被俘，后押解南京，7月12日于南京雨花台遇害，殉国辞世。这首诗作于狱中。

331. 就义诗-1934 11

〔近代〕吉鸿昌

恨不抗日死

留作今日羞

国破尚如此

我何惜此头

吉鸿昌（1895年—1934年），原名吉恒立，字世五，抗日英雄、中共党员，河南省扶沟人，1913年入冯玉祥部，从士兵升至军长。

1934年11月9日，鸿昌在天津法租界被军统特务暗杀受伤，被俘，后引渡北平军分会；同月24日，经蒋介石下令，于北平陆军监狱遇害，殉国辞世。这首诗作于临刑前。

332. 绝命诗三首-1934

〔近代〕戴礼

其一

大仇不能报，嗟嗟弱女子

逝者目不瞑，瞑之惟一死

其二

夫亡复无子，此身安用存

决意入黄泉，九阊鸣奇冤

其三

我身虽不死，不能养我姑

大书谢亲戚，垂白赖持扶

戴礼（1880年—1934年），女，字圣仪，民国初才女，生于楚门蒲田，撰成《清代烈女传》《女小学》《女小学韵文》等，经章楳老师订正后，代呈进学部史馆。

1914年，礼与长沙人原翰林院侍讲郭立山结婚，婚后生下一女，然郭始乱终弃、女儿夭亡，她伤心穷愁。1935年，礼撰写《礼记通释》在北京出版，她未及亲见，已于故乡因病辞世。

这几首诗作于临终前不久。

333. 狱中夜月-1935 3

〔近代〕刘伯坚

空负梅关团圆月
囚门深锁窥不得
夜半皎皎上东墙
反影铁窗皆虚白

刘伯坚（1895年—1935年），原名永福，又名永固，近代革命者，四川平昌人，中共党员，早年留学法国、苏联，回国后任冯玉祥部总政治部主任，历职中华苏维埃中央执行委员、红五军团政治部主任、赣南军区政治部主任等。

1935年3月初，伯坚在战斗中左腿中弹，被俘，同月21日于江西大余县金莲山遇害，殉国辞世。这首诗作于临终前。

334. 偶成-1935 6

〔近代〕瞿秋白

偶成
夕阳明灭乱山中
落叶寒泉听不穷
已忍伶俜十年事
心持半偈万缘空
集句
夜思千重恋旧游

他生未卜此生休

行人莫问当年事

海燕飞时独倚楼

瞿秋白（1899年—1935年），本名双，后改瞿爽、瞿霜，字秋白，江苏常州人，无产阶级革命家、理论家，中共早期领导人之一，曾任中共四、五、六大中央委员、政治局委员等。

1935年2月，秋白在福建长汀县被俘。6月18日，行刑，他盘膝坐草坪上，微笑点头说："此地很好！"高呼"打倒国民党""中国共产党万岁""共产主义万岁"，遂令士兵开枪，殉国辞世。第一首诗作于刑前日，落款"秋白绝笔"。第二首是临刑前在狱中看《全唐诗》的集句，如下。

宿淮浦忆司空文明
〔唐〕李端

愁心一倍长离忧，夜思千重恋旧游

秦地故人成远梦，楚天凉雨在孤舟

诸溪近海潮皆应，独树边淮叶尽流

别恨转深何处写，前程唯有一登楼

马嵬（其二）
〔唐〕李商隐

海外徒闻更九州，他生未卜此生休

空闻虎旅传宵柝，无复鸡人报晓筹

此日六军同驻马，当时七夕笑牵牛

如何四纪为天子，不及卢家有莫愁

咸阳城东楼 ／ 咸阳城西楼晚眺 ／ 西门
〔唐〕许浑

一上高城万里愁，蒹葭杨柳似汀洲

溪云初起日沉阁，山雨欲来风满楼

鸟下绿芜秦苑夕，蝉鸣黄叶汉宫秋

行人莫问当年事，故国东来渭水流

寄司空曙
〔唐〕戴叔伦

细雨柴门生远愁，向来诗句若为酬

林花落处频中酒，海燕飞时独倚楼

北郭晚晴山更远，南塘春尽水争流

可能相别还相忆，莫遣杨花笑白头

335. 诗一首-1935 8

〔近代〕方志敏

敌人只能砍下我们的头颅

决不能动摇我们的信仰

因为我们信仰的主义

乃是宇宙的真理

为着共产主义牺牲

为着苏维埃流血

那是我们十分情愿的啊

方志敏（1899年—1935年），原名远镇，笔名云母文、样松等，江西戈阳县人、中共党员、无产阶级革命家，历职国民党江西党部执行委员兼农民部长、中华全国农协临时执委会委员、闽浙赣工农民主政府主席、红十军政委、中央工农民主政府执行委员和主席团委员、中共六大中央委员等。

1934年11月，志敏率抗日先遣队北上抗日，次年1月29日，在江西玉山县怀玉山区被俘，因于南昌国民党驻赣绥靖公署军法处看守所，8月6日于南昌遇害，殉国辞世。这首诗作于狱中。

336. 合唱-1935 9

〔近代〕林青

用我心声的音波，传给我的母亲

就是这样，你在东头，我在西头

我们都是这时代教成的牢囚

当着这中秋是一年一度呀

人间天上毕竟有条鸿沟

见着这污屎桶，仍旧精神抖擞

我们这儿，没有眉毛一弯，唇儿一络

当月影拖着一丝尾巴，倒在这墙角的时候

最好是起来同奏一个合唱曲，尽你所有的歌喉

>　　凭着西风的遥送，传到母亲的心中

　　林青（1911年—1935年），又名李远方、李肃如，近代革命者，贵州毕节县人，中共党员，在毕节创立了全省第一个党支部，后任中共贵州省委书记。

　　1935年7月19日，因叛徒出卖，青被俘。在狱中，受尽折磨，始终不屈，把逃狱机会也留给了战友，9月11日遇害，殉国辞世。这首诗是青被害前中秋夜写给党组织的。

337. 狱中诗-1936 8

>　　〔近代〕赵一曼
>
>　　誓志为人不为家，涉江渡海走天涯
>　　男儿岂是全都好，女子缘何分外差
>　　未惜头颅新故国，甘将热血沃中华
>　　白山黑水除敌寇，笑看旌旗红似花

　　赵一曼（1905年—1936年），原名李坤泰，又名李一超，字版宁，近代革命者，四川宜宾人，中共党员，曾在湖北、江西、上海等地从事地下工作，九一八事变后调东北，历职哈尔滨总工会代理书记、珠河中心县委委员、东北抗日联军第三军第二团政委等。

　　1935年11月，一曼在与日寇作战中负伤被俘，12月13日，因腿部伤势，被送哈尔滨市立医院监视治疗，后逃脱。次年6月30日，在奔往抗日游击区途中不幸再次被日军俘，8月2日于黑龙江尚志遇害，殉国辞世。这首诗作于狱中。

338. 绝命诗-1936 9

>　　〔近代〕李得钊
>
>　　利刀哟，铁索呀
>　　几时我有了能力
>　　定要把你们捉住
>　　然后一起投在洪炉里
>　　铸成座小小的生命胜利的纪念塔

　　李得钊（1905年—1936年），又名德昭，字伯明，化名林志明，近代革命者，浙江温州人,中共党员,曾留学苏联,历职中共中央机关报《红旗日报》编辑、中央军委秘书处工作员、上海临时中央局秘书长等。

1934年6月26日晚,位于上海马立斯新村的中央分局机关遭破坏,得钊被俘,囚于南京宪兵司令部看守所,受尽折磨,始终不屈。9月,夫人周惠年分娩后尚未满月,也被俘,连同两个孩子一起被囚于他所在监狱。他们在狱中取得联系,互相勉励。

1935年8月,得钊被判刑十五年,移送南京中央军人监狱。夫人及孩子们被移送苏州反省院,西安事变后获释。1936年9月,他因受尽折磨又染上肺疾,于狱中因病辞世。这首诗作于临终前。

339. 狱中遗诗-1937.7

〔近代〕吕大千

时代转红轮
朝阳日日新
今年春草除
犹有来年春

吕大千(1909年—1937年),又名树俊,近代革命者,黑龙江宾县人,中共党员,历职中共宾县特别支部宣传委员、书记等。

1937年4月15日,伪警务厅以哈尔滨为中心,大肆搜捕共产党员。5月13日晨,因叛徒出卖,大千被俘。被俘后,他夺墙上日本警长佩刀,砍日本警长未果,后自抹颈、刺腹,昏倒在血泊中,苏醒后作诗:"利用寇刀杀寇仇,一腔义愤不日休。纵然没有脱身计,哪肯涕零学楚囚。"在狱中,他受尽折磨,始终不屈。

1937年7月21日,大千于哈尔滨遇害,殉国辞世。这首诗作于临终前。

340. 就义词-1927-1937

〔近代〕雷开元

自从把命革,此心坚如铁
痛恨反动派,杀尽那顽劣
谁知反动派,勾引清乡狗
围困了,汉河口,竟遭匪毒手
宁死不背党,同志当共守

　　　　　坚决跟随共产党，牺牲价值有

　　雷开元（生卒年不详），中共党员，在湖北洪湖被俘遇害，殉国辞世。这首诗作于临终前。

341. 自由诗-1940 8

　　　　　〔近代〕陈康容

　　　　　　青春价无比
　　　　　　团聚何须提
　　　　　　为了申正义
　　　　　　何惧剥重皮

　　陈康容（1915年—1940年），女，近代革命者，生于缅甸，祖籍福建永定县，中共党员，1938年受组织派遣，回乡教书，开展地下工作。

　　1940年7月16日夜，康容被当地保安团抓获，受尽折磨，始终不屈。8月16日夜，被活埋在抚市的山墩上，殉国辞世。这首诗作于临终前。

342. 新正气歌-1940 11

　　　　　〔近代〕萧次瞻

　　　　心志既坚实，苦汁甘如饴。读书三十年，真伪辨须臾
　　　　仰不怨天命，俯不怪人非。当生大时代，鞠躬唯起义
　　　　服劳尚有日，慎保五尺躯。大义须舍身，慷慨亦何辞
　　　　不恋我身前，陈账一笔除。不虑我身后，后事有人继
　　　　人生持久战，小败大胜利。胜利多信心，遗忘个人私
　　　　招手有巨人，普罗米修斯

　　萧次瞻（1905年—1940年），原名萧炳煌，近代革命者，贵州思南县人，中共党员，历职中共思南县委书记、贵州工委秘书长等。

　　1940年12月7日夜，次瞻于贵阳保安处防空洞里遇害，殉国辞世。这首诗作于1940年11月，铅笔写在香烟盒上，被传给狱中战友。李策烈士于1940年12月15日写给其二弟的信中将之传出，信中说："兹有殉道朋友遗作附上，望妥为保存，此皆他年博物馆中之珍物也"又在另纸上写："此诗均为一人所作……作者于

本月七号晚殉道。"

狱中另两首诗如下。

诗一首

历尽崎岖路几程，寸心原欲救危倾
黄花寂寞锁深院，浓雾迷漫罩古城
忍受折磨堪励志，相关痛痒见交情
劝君正向光明面，心自安详气自盈

读《感赋》有感敬和原韵

年来处处有奇闻，安定心灵镇定魂
残酷并非今创举，斗争何地不留痕
铁胆天宫盗火种，剥坑山下祸自担
文明不许探囊取，君子原来不素餐

343. 血诗-1940 12

〔近代〕金方昌

严刑利诱奈我何
颔首流泪非丈夫

金方昌（1920年—1940年），近代革命者，山东聊城县人，回族，中共党员，曾任中共山西代县县委委员。

1940年11月23日年，方昌在游击区被俘。在狱中，他面对日伪利诱、酷刑，被挖掉一只眼球，砍掉一条胳膊，仍坚持斗争，蘸着自己鲜血在墙上写下了"严刑利诱奈我何，颔首流泪非丈夫"十四个大字。

1940年12月3日，方昌遇害，殉国辞世。为纪念烈士，晋察冀边区政府颁布命令，将烈士生前战斗过的大西庄村改名为方昌村。

344. 狱中勉诸儿-1941 8

〔近代〕林正良

国仇家难恨重重，责在儿身莫放松
学艺克家跨灶子，读书救国主人翁
歌成正气文相国，冰结坚甲史阁公
千古英雄承母教，圣贤事业盼追踪

林正良（1907年—1941年），近代革命者，贵州金沙县人，中共党员，历职中共金沙县党支部书记，金沙中心县委负责人等。

1941年初，正良因传播革命思想被俘，8月7日于贵阳保安处监狱遇害，殉国辞世。他在就义前的遗嘱中写道："今日就戮，视死如归，实无愧余心也。"这首诗作于临终前。

345. 狱中歌声-1941 11

〔近代〕何功伟

黑夜阻着黎明，只影吊着单形
镣铐锁着手胫，怒火烧着赤心
蚊成雷，鼠成群，灯光暗，暑气蒸
在没太阳的角落里
谁给我们同情慰问？谁抚我痛苦的伤痕
我热血似潮水的奔腾，心志似铁石的坚贞
我只要一息尚存，誓为保卫真理而抗争
啊，姑娘，去秋握别后，再不见你的倩影
别离为了战斗，再会待胜利来临
谁知未胜先死，怎不使英雄泪满襟
你失了勇敢的战友，是否感到战线吃紧
我失了亲爱的伴侣，也曾感到征途凄清
不，姑娘，你应该补上我的岗位，坚决地打击敌人
愿你同千千万万的人们，踏着我们的血迹前进
啊，姑娘，天昏昏，地冥冥
用什么来纪念我们的爱情？惟有作不倦的斗争
用什么来表达我的忿怒？惟有这狱中歌声

何功伟（1915年—1941年），又名桦、斌、明理，近代革命者，湖北咸宁县人，中共党员，历职中共湖北省农委委员、武昌区委书记、鄂南特委书记、湘鄂川特委书记等。

1941年1月20日，因叛徒出卖，功伟在恩施被俘，是年11月17日遇害，殉国辞世。这首诗作于临终前。

功伟遇害地点有一条百余级石板路，行刑者事先告诉他："你上一步，我问你

一次,回不回头,,你若回头,就免于一死,你若走完台阶还不回头,就枪毙!"曾有人坚持不住,回头当了叛徒。他高唱着《国际歌》,视死如归,直登坡顶。刑场上,行刑者迫他跪下,他怒斥道:"共产党员是不会下跪的!"

346. 绝笔诗-1942 5

〔近代〕戴安澜

万里旌旗耀眼开,王师出境岛夷摧
扬鞭遥指花如许,诸葛前身今又来
策马奔车走八荒,远征功业迈秦皇
澄清宇宙安黎庶,先挽长弓射夕阳

戴安澜(1904年—1942年),原名戴炳阳,字衍功,号海鸥,安徽无为人,国军名将,追赠陆军中将,解放后追认革命烈士。

1942年,作为中国远征军先头部队,安澜率部赴缅参战,取得同古会战、收复棠吉等胜利。是年5月18日,在郎科地区指挥突围战斗中负重伤,26日下午在缅北茅邦村殉国辞世。这首诗作于临终前。

347. 就义诗-1942 6

〔近代〕陈法轼

磊落生平事,临刑无点愁
壮志犹未折,热血迸将流
慷慨为新鬼,从容作死囚
多情惟此月,再照雄心酬

陈法轼(1917年—1942年),又名陈干,近代革命者,贵州贵阳人,中共党员,曾任省邮务工会常委等。

1941年11月20日,法轼在贵州松桃被俘,囚于贵阳保安处监狱。次年6月20日,当看守打开牢门时,法轼从容镇定地提笔写下这首诗,后遇害,殉国辞世。

348. 病危前手书偈语-1942 10

〔近代〕李叔同

君子之交,其淡如水

执象而求，咫尺千里

问余何适，廓尔忘言

花枝春满，天心月圆

李叔同（1880年—1942年），幼名成蹊，又名李岸、李良，字息霜，号漱筒，近代杰出音乐家、美术教育家、书法家、戏剧家，曾留学日本，回国后任音乐、图画教师、编辑，后削发为僧，法名演音，号弘一、晚晴老人。

1942年2月，释弘一赴灵瑞山讲经，提出三约：一不迎，二不送，三不请斋；3月回泉州开元寺，后居温陵养老院；7月，在朱子"过化亭"教演出家剃度；8月在开元寺讲《八大人觉经》；10月2日下午身体发热，渐示微疾；10月7日唤释妙莲抵卧室写遗嘱；10月10日下午写"悲欣交集"四字交释妙莲；10月13日晚8时，于泉州不二祠温陵养老院晚晴室安详辞世。这首诗作于临终前。

349. 留取丹心照汗青-1945 11

〔近代〕吕惠生

忍看山河碎，愿将碧血流

烟尘开敌后，扰攘展民献

八载坚心志，忠贞为国酬

且欣天破晓，竟死我何求

吕惠生（1903年—1945年），近代革命者，安徽无为县人，中共党员，历职江苏仪征县长、安徽无为县长、皖江行政公署主任等。

1945年9月，惠生随新四军北上，在和县西梁山，被日伪军俘，囚于南京六浪桥监狱。在狱中，受尽折磨，视死如归。是年11月13日夜，于南京遇害，殉国辞世。这首诗作于临终前。

350. 绝笔诗-1946 8

〔近代〕罗世文

故国山河壮

群情尽望春

英雄夸统一

后笑是何人

罗世文（1904年—1946年），近代革命者，四川威远县人，中共党员，小说《红岩》中英雄许云峰的原型之一。

1937年，世文回四川领导统战工作。1940年3月18日，他在成都被俘。军统局长戴笠将其押解重庆军统局总部看守所，亲自审问、诱降，遭拒。1940年下半年，他被转往贵州息烽监狱，狱中，任临时党支部书记。

1946年7月，世文被押解重庆中美合作所渣滓洞监狱，8月18日于重庆歌乐山松林坡刑场遇害，殉国辞世。这首诗作于临终前。

351. 绝命诗-1947 9

〔近代〕续范亭

赤膊条条任去留
丈夫于世何所求
窃恐民气摧残尽
愿把身躯易自由

续范亭（1893年—1947年），近代革命家、抗日英雄，今山西定襄县人，追认中共党员，早年入同盟会，历职国民联军军事政治学校校长、山西第二区保安司令、中共晋绥军区副司令、解放区人民代表会议筹委会副主任等。

1940年1月15日，范亭任晋西北行政公署主任，因病情恶化，中共中央决定让他到延安医治。1941年3月，他离开兴县赴延安，1947年9月因病辞世。这首诗作于临终前。

352. 狱中诗-1947 10

〔近代〕朱克靖

一颗为民心
万古终不泯
壮士非无泪
不为断头流
身心许党国
一死何足愁

朱克靖(1895年—1947年),原名宏夏,字竹盐、竹怡,号克靖,近代革命者,湖南醴陵县人,曾留学苏联,历职国民革命军第三军党代表兼政治部主任、江西省府秘书长、新四军政治部顾问、苏北参政会副议长等。

1947年,克靖策动国民党郝鹏举起义,任郝部政治委员。不久郝叛变,他即被俘,10月于南京郊外遇害,殉国辞世。这首诗作于临终前。

353. 狱中诗-1948 11

〔近代〕谢士炎

人生自古谁无死
况复男儿失意时
多少头颅多少血
续成民主自由诗

谢士炎(1912年—1948年),近代革命者,湖南衡山县人,中共党员,毕业于陆军大学,任国民党北平第十一战区长官部作战处少将处长等,从事地下工作。

1947年9月,因叛徒出卖,士炎被俘,先后被关押在北平监狱和南京中央军人监狱。

1948年11月初,辽沈战役国民党军被歼四十七万,蒋介石追究泄露军机要案;19日,士炎与另外四位中共地下党员遇害,殉国辞世。这首诗作于临终前。

354. 铁窗明月有感-1949 6

〔近代〕余文涵

铁窗明月恨悠悠
无限苍生无限愁
个人生死何足论
岂能遗恨在千秋

余文涵(1918年—1949年),近代革命者,四川长宁县人,中共党员,历职中共达县县委书记、川南边区县委书记等。

1949年6月9日,文涵在检查支部工作时被俘,后曾越狱逃脱,途中再被俘,27日于宜宾遇害,殉国辞世。这首诗作于狱中。

355. 遗诗-1949 9

〔近代〕宋绮云

我绝不能弯下腰
只有怕死才求饶
人生百年终一死
留得清白上九霄

宋绮云（1904年—1949年），原名宋元培，字复真，近代革命者，今江苏徐州人，中共党员，历职中共西北特支委员、《西北文化日报》社长兼总编辑，西安事变前后对杨虎城部作了大量的统战工作。

1941年底，绮云、徐林侠夫妇及他们八个月幼子宋振中（小萝卜头）被国民党军统特务逮捕，先后被囚于重庆中美合作所白公馆、渣滓洞和贵州息烽监狱。狱中八年，他们受尽折磨，始终不屈。

1949年9月6日，绮云夫妇及未满九岁幼子，与杨虎城将军父子一起，于重庆遇害，殉国辞世。这首诗作于临终前。

356. 示儿-1949 10

〔近代〕蓝蒂裕

你——耕荒，我亲爱的孩子
从荒沙中来，到荒沙中去
今夜，我要与你永别了
满街狼犬，遍地荆棘
给你什么遗嘱呢？我的孩子
今后——，愿你用变秋天为春天的精神
把祖国的荒沙，耕种成为美丽的园林

蓝蒂裕（1916年—1949年），近代革命者，重庆梁平人，中共党员，曾参加救亡运动，先在重庆海员工会担任《新华日报》发行员，后做党的交通工作。

1948年冬，因叛徒出卖，蒂裕被俘，囚于渣滓洞监狱，受尽折磨，始终不屈。

1949年10月28日晨，蒂裕被从狱中押出，从容不迫地将写好多时的《示儿》遗诗交给难友，后于重庆遇害，殉国辞世。

357. 我的自白书 -1949 10

〔近代〕陈然

任脚下响着沉重的铁镣
任你把皮鞭举得高高
我不需要什么自白
哪怕胸口对着带血的刺刀
人,不能低下高贵的头
只有怕死鬼才乞求"自由"
毒刑拷打算得了什么
死亡也无法叫我开口
对着死亡我放声大笑
魔鬼的宫殿在笑声中动摇
这就是我——一个共产党员的自白
高唱凯歌埋葬蒋家王朝

陈然(1923年—1949年),原名陈崇德,近代革命者,河北香河人,中共党员,曾任中共重庆地下党主办的《挺进报》特别支部书记。

1949年10月28日,然于重庆遇害,殉国辞世。这首诗作于临终前。

358. 就义诗 -1949 11

〔近代〕刘国鋕

同志们,听吧
象春雷爆炸的
是人民解放军的炮声
人民解放了
人民解放了
我们——
没有玷污党的荣誉
我们死而无愧

刘国鋕(1921年—1949年),近代革命者,四川泸州人,中共党员,小说《红岩》中刘思扬的原型。

1948年4月19日，因叛徒出卖，国钺与未婚妻曾紫霞一起在四川荣昌被俘，先后被囚于重庆渣滓洞、白公馆监狱。他的亲友利用上层关系营救，但他表示"决不背叛革命"，宁愿不去美国留学，拒不在"脱党声明"上签字，他说："我死了有党，等于没有死。我如果背叛组织，活着又有什么意义！"

1949年11月27日，国民党逃离重庆前大屠杀，国钺于重庆遇害，殉国辞世。这首诗作于临终前。

359. 狱中诗-1949.11

〔近代〕黎又霖

革命何须问死生
将身许国倍光荣
今朝我辈成仁去
顷刻黄泉又结盟

黎又霖（1895年—1949年），近代革命者，贵州黔西县人，曾参加北伐战争，后以民主党派身份长期在国民党军政界做统战工作。

1949年11月27日，国民党逃离重庆前大屠杀，又霖被押出牢房，他气宇轩昂地向同志们挥手告别说："蒋介石就要完蛋，同志们，再见吧！"举起右手高呼："打倒蒋介石！""中国共产党万岁！"后遇害，殉国辞世。这首诗作于临终前。

360. 狱中诗-1949.11

〔近代〕王白与

斗室南冠作楚囚
纵然万念一身收
人经忧患殊轻死
书到厄疑不解仇

王白与（1902年—1949年），近代革命者，四川蓬安县人，历职四川省府编译室主任、《华西日报》社长、《新蜀报》总经理等，后入民革。

1949年，白与到川东国民党军政界策反，被俘。在狱中，他借诗言志，在纸烟盒上写诗四首，其中一首写道："由来志士苦心多，蜀络千秋恨不磨。心如止水无牵挂，犹渐百日坐东坡。"

1949年11月27日，国民党逃离重庆前大屠杀，晚上10点，刽子手打开牢门，白与从容走出囚室，边笑边说："痛快！痛快！"，在刑场时，大声高呼："打倒蒋介石匪头""民主革命万岁"，后遇害，殉国辞世。这首诗作于狱中。

361. 明志-1950 1

〔近代〕林正亨

乘桴泛海临台湾，不为黄金不为名
只觉同胞遭苦难，敢将赤手挽狂澜
奔逐半生劳心力，千里河山不尽看
吾志未酬身被困，满腹余恨夜阑珊

林正亨（1915年—1950年），台湾台中人，爱国将军林祖密之子，曾任国民革命军三十六军军部见习军官，参加广西昆仑关战役、中国远征军等。

1946年，正亨秘密加入中共，回台湾从事革命活动，后入台湾民盟。

1949年8月，正亨在台北家中被俘，次年1月遇害，殉国辞世。这首诗作于临终前。

362. 绝命诗-1950 6

〔近代〕吴石

天意茫茫未可窥，悠悠世事更难知
平生殚力唯忠善，如此收场亦太悲
五十七年一梦中，声名志业全成空
凭将一掬丹心在，泉下羞堪对我翁

吴石（1894年—1950年），原名萃文，字虞薰，福州仓山区人，历职国民革命军第四师处长、北伐军总参谋部作战科科长、军政部主任参谋兼部长、福州绥靖公署副主任、台湾国防部参谋次长等，1948年加入民联，向中共华东局提供情报。

1950年，因叛徒出卖，石被俘。是年6月10日，台湾当局以"为中共从事间谍活动"罪名，对"国防部中将参谋次长"石等四人执行死刑，石殉国辞世。这就是震惊天下的"密使一号"大案，人称吴石案。这首诗作于临刑前。

363. 绝笔诗-1950 11

〔近代〕宋阿毛

我爱亲人和祖国
更爱我的荣誉
我是一名光荣的志愿军战士
冰雪啊！我决不屈服于你，哪怕是冻死
我也要高傲地耸立在我的阵地上

宋阿毛（？—1950年），中国人民志愿军战士，上海人。

1950年11月28日，志愿军发起长津湖战役，阿毛所在连队负责防守美军从柳潭里撤往下碣隅里必经之路的死鹰岭高地，当时气温低至零下四十度，极度缺乏御寒衣物的125名连队指战员全部冻死在阵地上，殉国辞世。这首诗是在他遗体中发现的。

364. 辞世诗-1959 10

〔近代〕释虚云

少小离尘别故乡，天涯云水路茫茫
百年岁月垂垂老，几度沧桑得得忘
但教群迷登彼岸，敢辞微命入炉汤
众生无尽愿无尽，水月光中又一场

释虚云（1840年—1959年），法名古岩，又名演彻，字德清，湖南湘乡人，近代名僧，禅宗代表人物。

1959年，已经120岁的虚云禅师于云门交待后事，随即圆寂，这首诗作于临终前。临终前他谆谆教诲弟子：今后不管是只有片瓦遮头，还是广厦万间，都需要坚持守住自己身上的这一领衣服，做到永久守住，只有一个字，就是"戒"。

365. 辞世歌-1962

〔近代〕于右任

葬我于高山之上兮，望我大陆
大陆不可见兮，只有痛哭

天苍苍，野茫茫

山之上，国有殇

葬我于高山之上兮，望我故乡

故乡不可见兮，永不能忘

  于右任（1879年—1964年），原名伯循，字右任，号骚心、髯翁、太平老人等，笔名神州旧主等，陕西三原县人，在日本入同盟会，辛亥革命后，历职上海大学校长、国民军联军驻陕总司令、审计院长、监察院长、最高国防委员会常委等，善草书。

  1962年初，右任病重在床，感生命将终，花了一整夜，作下这首诗为遗言。诗前六句作于就寝之时，后四句作于天明之时。

后　记

　　其实,在这本书面前,任何言语都属多余。以诗来了结此生,何其美哉!

　　谨为后记。顿首伏拜。

昌易
二〇二二年十二月六日

文字标准

姓名（出生年月）、字、号、综合定位、哪里人（今**人，祖籍；或生于**，祖籍**）、父亲、家人，职务、评价（追赠**，谥"**"）。

序号	标准用词	不用
1	之子	的儿子
2	之妻	妻、的妻
3	祖籍	原籍
4	生于	出生于
5	少时	自幼
6	明末清初	明清之际
7	清晚期	清代末期
8	清中期	清代中期
9	清初	清代早期
10	今	今属
11	X代	X朝
12	清廷	清庭
13	X廷	朝廷，如清廷
14	杰出	著名
15	伟大	
16	望族出身	出身豪门、富贵出身
17	辞官	解职、解官、不仕、致仕、弃官
18	罢官	罢职、落职、致仕、不仕、出仕
19	退隐	
20	隐居	

续表

序号	标准用词	不用
21	贬	
22	释	和尚、法师
23	削发	出家
24	喜诗书	喜欢读书、喜看书写诗
25	历职	官至、历官、历任、历仕、历为、任、累迁、曾历、累官、曾任、被封为、等职、历
26	人称	世人称、世称、又称、被誉为、称其、学者称、尊称、之称、之誉
27	并称	并称为、合称
28	追赠	追封、获赠
29	谥	谥号、赐谥、追谥
30	将军	军事将领
31	主帅	统帅
32	大臣	臣、名臣、大吏、政治家、政治人物、学者
33	官员	官吏
34	名僧	高僧
35	重兵	大军
36	起兵	举兵、兴兵
37	等	等职
38	清军	清兵、敌兵
39	X军	X兵，如宋兵、元兵
40	抗清	反清、反元
41	组织乡勇	组织民兵、人民
42	中秋夜	中秋之夜
43	狱友	难友
44	叛徒出卖	叛徒告密
45	迁	迁徙、徙、迁居、移居
46	攻破	攻陷、城破、失守、攻进
47	时值	当时正值
48	遭	被
49	俘	捕、被捕
50	被诬陷	遭诬陷
51	不甘受辱	

续表

序号	标准用词	不用
52	押解	押送、押至、押往
53	囚	拘留、囚禁、拘禁
54	掳	所掳、虏、掠
55	派遣	委派
56	奉诏	奉召、被诏、应诏
57	授	起任
58	回国	归国
59	回乡	返乡、归里
60	参加	参预
61	入	加入
62	不屈	拒绝投降、拒降
63	自尽	自杀
64	自缢	上吊
65	投水自溺	自沉
66	投井自尽	落井
67	遇害	被杀、就义、牺牲、被害、处死、遇难
68	辞世	辞逝
69	感生命将终	大限、时日、不久于
70	临终前	逝世前、死前
71	这首诗	此诗
72	作于	写于
73	狱中	被囚期间
74	被囚于	被囚禁在、囚禁于
75	因	由于
76	据**记载	据**载
77	一说	亦作
78	几日	数日
79	生活于…年间	
80	不第	科举不中、多次考举不中
81	是年	这年、当年、同年
82	次年	翌年